外国文学名著丛书

〔俄〕涅克拉索夫 / 著

谁在俄罗斯能过好日子

飞白 / 译

"外国文学名著丛书"编委会

人民文学出版社

Н. А. НЕКРАСОВ
КОМУ НА РУСИ ЖИТЬ ХОРОШО
据 Н. А. НЕКРАСОВ, СОБРАНИЕ СОЧИНЕНИЙ В ВОСЬМИ ТОМАХ, ТОМ ТРЕТИЙ, ГОСЛИТИЗДАТ, 1965 年版译出。

图书在版编目（CIP）数据

谁在俄罗斯能过好日子／（俄罗斯）涅克拉索夫著；飞白译．—北京：人民文学出版社，2022（2023.3 重印）
（外国文学名著丛书）
ISBN 978-7-02-014875-2

Ⅰ．①谁… Ⅱ．①涅… ②飞… Ⅲ．①叙事诗—俄罗斯—近代 Ⅳ．①I512.24

中国版本图书馆 CIP 数据核字（2021）第 241610 号

责任编辑　李丹丹
装帧设计　刘　静
责任印制　王重艺

出版发行　人民文学出版社
社　　址　北京市朝内大街 166 号
邮政编码　100705

印　　刷　北京盛通印刷股份有限公司
经　　销　全国新华书店等

字　　数　162 千字
开　　本　850 毫米×1168 毫米　1/32
印　　张　14.375　插页 3
印　　数　4001—7000
版　　次　1998 年 2 月北京第 1 版
印　　次　2023 年 3 月第 2 次印刷

书　　号　978-7-02-014875-2
定　　价　78.00 元

如有印装质量问题，请与本社图书销售中心调换。电话：010-65233595

涅克拉索夫

出 版 说 明

人民文学出版社自一九五一年成立起，就承担起向中国读者介绍优秀外国文学作品的重任。一九五八年，中宣部指示中国科学院文学研究所筹组编委会，组织朱光潜、冯至、戈宝权、叶水夫等三十余位外国文学权威专家，编选三套丛书——"马克思主义文艺理论丛书""外国古典文艺理论丛书""外国古典文学名著丛书"。

人民文学出版社与中国科学院文学研究所，根据"一流的原著、一流的译本、一流的译者"的原则进行翻译和出版工作。一九六四年，中国社会科学院外国文学研究所成立，是中国外国文学的最高研究机构。一九七八年，"外国古典文学名著丛书"更名为"外国文学名著丛书"，至二〇〇〇年完成。这是新中国第一套系统介绍外国文学作品的大型丛书，是外国文学名著翻译的奠基性工程，其作品之多、质量之精、跨度之大，至今仍是中国外国文学出版史上之最，体现了中国外国文学研究界、翻译界和出版界的最高水平。

历经半个多世纪，"外国文学名著丛书"在中国读者中依然以系统性、权威性与普及性著称，但由于时代久远，许多图书在市场上已难见踪影，甚至成为收藏对象，稀缺品种更是一书难求。在中国读者阅读力持续增强的二十一世纪，在世界文明交流互鉴空前频繁的新时代，为满足人民日益增长的美好生活的需要，人民文学出版社决定再度与中国社会科学院外国文学研究所合作，以"网罗经典，格高意远，本色传承"为出发点，优中选优，推陈出新，出版新版"外国文学名著丛书"。

值此新版"外国文学名著丛书"面世之际，人民文学出版社与中国社会科学院外国文学研究所谨向为本丛书做出卓越贡献的翻译家们和热爱外国文学名著的广大读者致以崇高敬意！

"外国文学名著丛书"编委会
二〇一九年三月

编委会名单
(以姓氏笔画为序)

1958—1966

卞之琳	戈宝权	叶水夫	包文棣	冯　至	田德望
朱光潜	孙家晋	孙绳武	陈占元	杨季康	杨周翰
杨宪益	李健吾	罗大冈	金克木	郑效洵	季羡林
闻家驷	钱学熙	钱锺书	楼适夷	蒯斯曛	蔡　仪

1978—2001

卞之琳	巴　金	戈宝权	叶水夫	包文棣	卢永福
冯　至	田德望	叶麟鎏	朱光潜	朱　虹	孙家晋
孙绳武	陈占元	张　羽	陈冰夷	杨季康	杨周翰
杨宪益	李健吾	陈　燊	罗大冈	金克木	郑效洵
季羡林	姚　见	骆兆添	闻家驷	赵家璧	秦顺新
钱锺书	绿　原	蒋　路	董衡巽	楼适夷	蒯斯曛
蔡　仪

2019—

王焕生	刘文飞	任吉生	刘　建	许金龙	李永平
陈众议	肖丽媛	吴岳添	陆建德	赵白生	高　兴
秦顺新	聂震宁	臧永清

目　次

译本序 ······································· *1*

第 一 部

开　篇 ······································· *3*
第一章　神父 ································· *21*
第二章　集市 ································· *41*
第三章　醉的夜 ······························· *60*
第四章　幸福的人们 ··························· *81*
第五章　地主 ································· *115*

农　妇

开　篇 ······································· *145*
第一章　女儿未嫁时 ··························· *164*
第二章　歌谣 ································· *174*
第三章　俄罗斯壮士萨威里 ····················· *186*
第四章　小皎玛 ······························· *207*

第五章	母狼	224
第六章	凶年	239
第七章	省长夫人	249
第八章	女人的传说	264

最末一个地主

第一章	273
第二章	286
第三章	312

全 村 宴

引　子		339
第一章	苦难时代苦难的歌	347
第二章	游方僧与香客	365
第三章	亦新亦旧	381
第四章	幸福时代幸福的歌	407

译 本 序

尼古拉·阿列克谢耶维奇·涅克拉索夫是杰出的俄国革命民主主义诗人。在十九世纪中叶沙皇统治下的俄罗斯，他作为正在觉醒的劳苦大众的代言人，写下了大量复仇和悲愤的诗篇，在俄国文学史上占有重要的位置。

一八二一年涅克拉索夫出生在一个贵族地主家庭里，童年在雅罗斯拉夫省父亲的领地度过。他父亲残暴地压榨农奴，同时也专横地虐待妻儿，使童年的涅克拉索夫心上留下了深深的伤痕。他的家位于伏尔加河边，是囚徒们流放西伯利亚的必经之路。囚徒镣铐锒铛的行列，纤夫婉转呻吟的悲歌，也给他留下了毕生难忘的印象。有一段时间，他父亲在县法院当警官办案子，曾带着小涅克拉索夫到各处去，这又使涅克拉索夫眼见沙皇官僚机构对人民的刑讯迫害和胡作非为。在少年时期，涅克拉索夫心中已经孕育着对腐朽的沙俄社会制度的抗议。

涅克拉索夫十七岁那年，父亲令他到京城去进名叫"贵族团"的军校，但涅克拉索夫却违背父命，选择了自己从小爱好的文学道路，在彼得堡大学旁听。于是父亲断绝了对他的一切经济接济，涅克拉索夫从此便靠抄写、卖稿、打"文学零工"勉强糊口，过着城市贫民的生活。一八四〇年他的第一本诗集出版,但思想上、艺术上都还不成熟。不久,他结识了别林斯基,在别林斯基影响下,涅克拉索夫找到了革命民主主义的道路,也找到了自己诗歌创作的道路。他把自己在农奴制的农村和彼得堡街头的感受提高到自觉的程度,作为一个人民诗人登上了诗坛。

涅克拉索夫从一八四七年起主编《现代人》杂志,在别林斯基支持下把这个刊物办成俄国先进思想的论坛。别林斯基逝世后,涅克拉索夫又请青年革命民主主义者车尔尼雪夫斯基和杜勃罗留波夫到编辑部工作,一同对沙皇专制政权进行了艰苦的斗争。在这场斗争中,车尔尼雪夫斯基成了革命民主派的主将,对涅克拉索夫的创作有较大影响,使涅克拉索夫六十、七十年代的作品具有更深刻的社会意义。他们编的《现代人》成了革命民主派的机关刊物,成了沙皇政府的眼中钉。六十年代初期,杜勃罗留波夫去世,车尔尼雪夫斯基被捕,《现代人》处于十分困难的境地。一八六六年《现代人》终于被封闭,此后涅克拉索夫又主编《祖国纪事》杂志,与讽刺作家萨尔蒂科夫-谢德林一起继续宣传进步思想,直到一八七八年因病逝世。

从四十年代到七十年代,涅克拉索夫创作了大量诗歌和其他体裁的作品。他在《诗人与公民》等诗作中提出了文学的社会责任问题和为人民利益而斗争的主张;在《大门旁的沉思》《唱给小叶辽麻的歌》《货郎》等作品中,提出了提高群众觉悟的迫切问题;他的《红鼻子雪大王》《铁路》等诗深刻地反映了劳动人民的苦难,同时歌唱了蕴藏在人民之中的力量;《爷爷》《俄罗斯女性》等长诗热情歌颂了十二月党人的革命精神;长诗《谁在俄罗斯能过好日子》解剖了沙皇"改革"农奴制后的俄国社会,表现了人民渴望解放的革命情绪。涅克拉索夫继承普希金、果戈理的现实主义传统,大量吸取民间文学的营养,在诗的主题、形式和语言各方面都作了大胆创新,形成了悲愤、深沉、炽烈、大众化、民歌风的独特风格。在涅克拉索夫笔下,发出了俄罗斯农民和城市贫民的血泪控诉,发出了奋起抗恶的大声疾呼。他的诗开辟了俄国诗歌发展的新阶段,教育和影响了几代革命者。

涅克拉索夫的诗对俄国文坛有很大影响。别林斯基虽未见到涅克拉索夫成熟时期的作品,但对其早期作品已经给予了很高的评价:"何等的才华呀!他的才华简直像一把利斧!""惊人地正确而清晰的思想表现在与之完全适应的形式之中。"车尔尼雪夫斯基对涅克拉索夫更是十分推崇,当他得到涅克拉索夫病危的消息时,在西伯利亚流放地写道:"他的光荣将永垂不朽,俄罗斯将永远爱他——一切俄国诗人中最有才华最高尚的一个。我为他痛哭。他真正是具有极高贵的心灵和巨大天才的人。作为诗人,他无疑高出所有的俄国诗人。"尽管屠格涅夫已与《现代人》编辑部决裂,但他也承认涅克拉索夫的诗的威力,他形容涅克拉索夫的诗集中到一个焦点上就"点得着火"。不必说,沙皇政权对这样的诗当然十分害怕,出版检查机关对涅克拉索夫的所有作品都极力刁难,动不动就加以查禁。为了和出版检查作斗争,涅克拉索夫不得不使用寓言式的曲笔,拐弯抹角地表达自己的观点。杜勃罗留波夫曾为此感慨道:"天哪,如果出版检查机关不迫害涅克拉索夫的话,他可以写出多少绝妙的作品啊!"

列宁很喜爱涅克拉索夫的诗。流放西伯利亚时,列宁把涅克拉索夫的诗集放在床边,经常阅读;流亡国外时也带着涅克拉索夫诗集。克鲁普斯卡雅曾为列宁如此熟悉涅克拉索夫的诗感到惊讶,她说列宁几乎能背出涅克拉索夫的全部作品。列宁著作中引用涅克拉索夫的诗句达数十处之多。

《谁在俄罗斯能过好日子》是涅克拉索夫最重要的代表作,也是他一生创作的总结。这部近万行的叙事长诗揭露了腐朽的、专制的俄罗斯,歌颂了开始觉醒的、人民的俄罗斯,展示了"改革"农奴制后人民生活的广阔画面,充满着人民的情绪、思考、探求和斗争,堪称为大转折时代的一部史诗。

长诗的背景是一八六一年农奴制的"改革"。长期以来,野蛮落后的农奴制度使得俄国农业劳动生产率极为低下,资本主义的发展受到严重束缚。特别是十九世纪五十年代俄国在克里木战争中失败后,国内阶级矛盾更加激化,农民骚动频繁,农奴制的生产关系处在风雨飘摇之中。"这使头号大地主亚历山大二世不得不承认,从上面解放比等待从下面推翻要好些。"①

于是在沙皇政府策划下,演出了一出"解放农奴"的丑剧。正如亚历山大二世向受了"委屈"的农奴主们亲口保证的那样,"为了保护地主的利益,凡是可能做到的一切都做到了"。"改革"的结果仅仅是把农奴从土地上解放出来,使他们变成为资本家和地主干活的雇佣劳动力。农民被迫赎买自己的自由和自己耕种的份地,但赎金竟要比当时的地价高出一两倍,而赎得的又是最坏的土地。农民原先耕种的最肥沃

---

① 《"农民改革"和无产阶级农民革命》,见《列宁全集》中文版,第17卷,第103页。

的土地却被地主割去,以致农民不得不在极苛刻的条件下向地主租种土地。农民还被迫继续为地主服无偿的劳役,称为"暂时义务农"。"解放"了的农民还照旧是"下贱"的等级,遭受着敲诈、勒索、鞭打和侮辱。……列宁尖锐地指出:"臭名昭彰的'解放',实际上是对农民进行残酷的掠夺,是对农民施行一系列的暴力和一连串的侮辱。"①"这是用地主方式为资本主义'清洗土地'。"②

如何对待这样的农奴制"改革"?在这个重大的社会问题面前,俄国贵族资产阶级自由派和革命民主派分裂成了两大阵营,表明了截然相反的态度。主张改良、害怕革命的自由派对沙皇的"仁慈"大唱颂歌,把"解放"后的农村美化成幸福乐园;革命民主派则愤怒揭露沙皇恩赐的所谓"解放",号召农民起来革命,夺取自己真正的解放。涅克拉索夫的《谁在俄罗斯能过好日子》,便诞生在这场辩论之中。

大约在农奴制"改革"的一八六一年,《谁在俄罗斯能过好日子》就已开始构思。其中《第一部》作于一八六三至六五年,写成后由于出版检查机关刁难,整整用了五年时间(一八六六至七〇年)才在刊物上陆续发表完毕。随后,涅克拉索夫于一八七二年写成《最末一个地主》,于一八七三年发表。《农妇》这部分作于一八七三年,发表于一八七四年。最后一部分《全村宴》是诗人于一八七六年抱病完成的,一八七七年准备在《祖国纪事》杂志上发表,但发排后,被检查机关抽掉。

---

① 《"农民改革"和无产阶级农民革命》,见《列宁全集》中文版,第17卷,第102—103页。
② 《社会民主党在1905—1907年俄国第一次革命中的土地纲领》,见《列宁全集》中文版,第13卷,第255页。

涅克拉索夫被迫删改了许多最尖锐的部分，并且咬着牙写上了一些让步的词句，——按他自己的说法，这不是改诗，而是"糟蹋"诗。即便如此，第二次发排后仍被检查机关"枪毙"了。不久，涅克拉索夫便抱憾而死。一八八一年，《全村宴》在谢德林的努力下，总算得以在删削后刊印，但作者未能见到它的发表。至于删改之处，直到十月革命后才全部恢复原状。

《谁在俄罗斯能过好日子》的布局十分宏大，作者已完成的上述四个部分还不是长诗的全部。因此，细心的读者会看出一些衔接不紧或首尾欠呼应之处。但由于长诗是一系列独立的故事串起来的，所以矛盾倒也并不明显。至于四个部分的顺序，历来的版本共有三种排列方案：第一种是按《第一部》《最末一个地主》《农妇》《全村宴》的顺序排列，其根据是作者写作的顺序，但这不符合作者在《全村宴》原稿上注明的"本章紧接《最末一个地主》"，使得发生在同一天、同一村里的两段故事分了家。第二种方案是按《第一部》《最末一个地主》《全村宴》《农妇》顺序排列，其根据是作者在《最末一个地主》和《全村宴》原稿上均注有"第二部片断"，而在《农妇》原稿上注有"第三部片断"字样。但这样排列，情节和思想发展不够自然，全书以对省长夫人的颂歌结尾，思想性远远不如以《全村宴》中对革命的颂歌结尾。《全村宴》是涅克拉索夫最后写的，是全诗思想发展的高峰。因此现在通行的版本多采用第三种方案，按《第一部》《农妇》《最末一个地主》《全村宴》顺序排列。这样读起来思路也比较顺。

把长诗中大小几十个故事像串珠子一样串起来的线索，是七个刚从农奴制度下获得"解放"的暂时义务农，争论起了"谁在俄罗斯能过好日子"的问题。为了寻找答案，他们决定离乡背井,漫游全国,去访问地主、神父、官吏、富商、大臣,以至于沙皇,以便弄清他们过的是不是好日子。沿着这条带童话色彩的线索,诗人引着读者,跟随七个出门人深入激烈动荡的俄国社会,观察各个阶层的生活和相互关系。这种结构容量很大,层次、色彩也十分丰富。

七个出门人最先访问的是神父。他们问神父过的是不是好日子,神父却诉了一大堆苦。但透过神父的诉苦,涅克拉索夫实际上向读者显示的却是农民的贫困和不幸。只消看看这一个情节就够了:肩负一家老小生活重担的农夫快要病死了,请了神父来送终。死者的老母给神父报酬时,骨瘦如柴的手心里两个铜钱叮叮当当磕碰着,光听这声音都叫人打寒噤!……但是,如果作者仅仅靠神父、地主这些人的口从侧面透露农民的不幸,这毕竟太受限制了。于是作者便让七个出门人逛农村集市,观察"醉的夜",又在农民群众中寻访"幸福的人们"。借此机会,诗人向读者展览了五花八门的"庄稼汉的幸福":什么老太婆幻想种出大萝卜呀,当兵的挨打没打死呀,扛活的卖命得痨伤呀,还有奴才舔了点残羹剩酒呀,等等,等等。最后,一群乞丐高唱讨饭调,形成了一个令人哭笑不得的戏剧高潮。这是涅克拉索夫对所谓"改革"后的"幸福"农村的辛辣揶揄:沙皇政府和自由派津津乐道的农民的"幸福",不过是破烂和补丁的幸福、罗锅和老茧的幸福而已!

七个出门人访问了地主饭桶耶夫,并且批判了地主恋恋不舍的农奴制下的"好日子"后,《第一部》就告结束。在以后的各部分里,七个出门人没有再按照原定的"访问计划"继续寻访富商、大臣等等,仅在涅克拉索夫手稿中留下了描写七人访问小官吏的《死神》一章的提纲,以及七人到彼得堡的片断。看来，若不是涅克拉索夫的死中断了他的工作，他是可能写完寻访这些人物的情节，以使长诗首尾呼应的。但从长诗情节的发展趋势看，这个"访问计划"无论如何已不占中心地位了。照这样写下去，势必束缚长诗的主题；或者说，主题的展开，势必越出七个农民"访问计划"的框框。我们还需要看到，在经过六十年代的反动时期后，七十年代俄国革命形势又渐趋高涨，人民群众日益觉醒。在这样的背景上，涅克拉索夫的长诗向深度和广度发展，更是非常自然的了。

在《农妇》这部分里，七个农民寻访的对象已经不是剥削阶级，而是农妇玛特辽娜，作者详细地描写了她作为女农奴的生涯，并塑造了农奴中的反叛者萨威里爷爷的形象。《最末一个地主》和《全村宴》这两部分进一步越出了访问特定对象的格式，而让七个出门人和大老粗村的农民一起见证，一起思索。《最末一个地主》用假设性的情节和漫画式的笔法，再现了农奴主骑在农奴头上作威作福的历史，也反映了农奴制残余继续存在的客观现实。当时的反动评论指责《最末一个地主》荒诞无稽，其实它很富有现实意义。在乌鸦金公爵这个狂妄的农奴主身上，不是反映了整个地主阶级阻挡历史车轮的反动性和顽固性吗？《全村宴》表面上说的是庆祝农奴制寿终正寝，实际上说的是这种"改革"换汤不换药，"改革"后的社会是"亦新亦旧"。大老粗们仍然"吃不上饱饭，喝不上放盐的汤；他们天天挨鞭子，只不过拿鞭子的从前是老爷，现在换了乡长"！但是这里也出现了新时代的萌芽：大老粗们破天荒地聚在一起讨论自己的命运，他们之中出现了新一代的革命者格利沙·向幸福诺夫。涅克拉索夫本来还打算在长诗以后的章节中继续发展革命者的形象，他在病重时还说：

"再要有三四年的生命就好了。……越往下写,我就越清晰地看到了长诗怎样继续发展,看到了新的人物和新的画面。"但是他的设想未能实现,对已完成的各个部分也未及调整。《谁在俄罗斯能过好日子》终于作为一部未完成的长诗留给了后世。

涅克拉索夫在这部长诗中色彩鲜明地刻画了各阶级的大量人物,创造了一条琳琅满目的画廊。以农奴主——地主形象来说,就有冥顽庸俗而自命风雅的饭桶耶夫,打人为乐而头脑简单的杀拉什尼可夫团长,专横疯癫而神气活现的乌鸦金公爵,狡猾贪婪而善耍手腕的少东家,……尽管他们性格不同,却都以享有农民的劳动为自己的天职,不肯心甘情愿地退出历史舞台。在刻画地主形象时,涅克拉索夫充分发挥了他的讽刺才能,笔锋所向,把尊严高贵、道貌岸然的地主刺得体无完肤,丑态毕露。无怪乎沙皇出版检查机关要指责涅克拉索夫把地主写得"极端不成体统",叫嚷这是"对整个贵族阶级的诽谤"了。对于涅克拉索夫揭露剥削阶级方面的功绩,列宁曾高度评价说:"涅克拉索夫和萨尔梯柯夫[①]曾经教导俄国社会要透过农奴制地主所谓有教养的乔装打扮的外表,识别他的强取豪夺的利益,教导人们憎恨诸如此类的虚伪和冷酷无情。"[②]涅克拉索夫对剥削者的愤怒控诉和辛辣讽刺,至今读起来还使人感到痛快淋漓,使人感到农民世世代代对地主阶级的仇恨和憎恶,正从诗人笔尖上喷涌而出。

---

① 即萨尔蒂科夫-谢德林。
② 《纪念葛伊甸伯爵》,见《列宁全集》中文版,第13卷,第38—39页。

在地主群像的旁边，涅克拉索夫还用鄙夷的笔调描画了奴才的群像。例如一扫光耶夫公爵的家奴自吹自擂，说他是个得宠的奴才，由于舔了四十年残剩的洋酒，才得了一种上等人才有的"高级病"。而依巴特则死心塌地崇拜乌鸭金公爵，竟把公爵对他的虐待和折磨也当作恩典来夸耀，感激涕零，念念不忘。但这种奴性在农民群众中并没有市场，只遭到包括七个出门人在内的广大农民的嘲笑。

在长诗中占着主人公位置的，则是农民的群像。恩格斯曾经赞扬作家描写被剥削阶级，指出："先前在这类著作中充当主人公的是国王和王子，现在却是穷人和受轻视的阶级了，而构成小说内容的，则是这些人的生活和命运、欢乐和痛苦。"①他高度评价这是"在小说的性质方面发生了一个彻底的革命"。②涅克拉索夫正是这样，打破了俄国诗歌的旧传统，把农奴、农民当作了主人公。他激动地说："在我面前站着千百万从未被描写过的活生生的人！他们要求得到爱的目光！他们当中不论哪一个人，都是受难者；不论哪一个的生活，都是一部悲剧！"难能可贵的是，涅克拉索夫笔下的劳动人民既是诗的主人公，也是历史的主人公。

让我们来看看长诗中主要的农民形象吧。赤脚村的老农光腚亚金，模样就像枯瘦的土地的化身，思想也像土地一样深沉。他向同情农民的知识分子尖锐地揭露了俄国农村的真实现状：

　　干活的时候只有你一个，
　　等到活刚干完，看哪，

---

① ② 《大陆上的运动》，见《马克思恩格斯全集》中文版，第1卷，第594页。

站着三个分红的股东：
　　上帝、沙皇和老爷！

但是，亚金的性格也反映着俄国农民的力量和弱点两个方面。他有一股倔劲和志气，不被苦命所压倒，他感觉到了蕴藏在农民之中的强大潜力，但他又过分善良，善于逆来顺受："每个庄稼汉的心，是黑乎乎一片乌云，多少怒火，多少恨！本应当雷火往下劈，本应当血雨往下淋，结果，却用酒来浇！"于是，农民又继续默默地忍受压迫和煎熬。

地狱村的叶密尔·吉铃，为人正直无私，闻过即改，勇于捍卫农民的利益，因此被群众选为村正。涅克拉索夫通过他在集市上向众人借钱和还钱的故事，生动地写出了群众对吉铃的信任。但吉铃的形象和所处的环境有一些矛盾：一个代表农奴利益的村正如何能见容于地主，如此廉洁的村正又何来买磨坊的本钱，这是难以说明的。吉铃的故事的高潮在最后，他因拒绝替沙皇招安打愣儿村的起义农奴，被捕入狱。可惜因受出版检查限制，作者写到这个节骨眼上，不得不自己开了"天窗"，用删节号代替了关键情节。

涅克拉索夫在长诗中着力描写的是反叛的农奴萨威里，这是一个充满着农民的愤怒、坚忍、自豪感和反抗精神的须发蓬松的百岁老人。他把农民的命运归纳为：

　　男子汉面前三条路：
　　酒店、苦役、坐监牢；
　　妇人面前三个绳套：
　　第一条是白绫，
　　第二条是红绫，
　　第三条是黑绫，

> 任你选一条,
> 把脖子往里套!

萨威里曾和倔头村的农奴们一起,在农奴主和总管的皮鞭下默默忍耐了十八年,作了消极抵抗,最后终于走上反叛的道路,带头把总管推进了深坑。于是萨威里被判二十年苦役加二十年流放,刑满回家后,连亲生儿子也叫他"烙了印的苦役犯",但萨威里却自豪地宣布:"烙了印,却不是奴隶!"这句话出自当了一辈子农奴、受尽了折磨的百岁老人之口,是多么豪壮啊!难怪作者要称他为"俄罗斯壮士",而玛特辽娜要称他为"幸福的人"了。但是这个反叛者的斗争是自发的,他仍然未能挣脱宗教和宿命论的枷锁。

农妇的形象在长诗中占有重要地位。涅克拉索夫是歌颂女农奴的第一个俄国诗人,经常出现在他笔下的诗神缪司的形象,就是一个被鞭打得血肉模糊的农家女,这是涅克拉索夫的彻底民主主义精神及其艺术观的生动体现。在《谁在俄罗斯能过好日子》中,诗人用整整一部的篇幅,细腻而深情地描写了女农奴玛特辽娜的一生:"没一根骨头不破碎,没一条筋肉不劳损,没一滴鲜血不发紫……"婆家虐待,村正鞭打,官家欺凌,婴儿夭折,再加上饥荒、瘟疫和火灾,……这全是农妇最平常的命运。群众称玛特辽娜为"幸福的女人",恰恰从反面衬托出广大农妇比她还要不幸得多,这也是涅克拉索夫的一种曲笔。

玛特辽娜是个感情丰富、意志坚强、能独立思考的女农奴,她敢于违背种种迷信和忌讳,敢于反抗地主管事白面包柯夫的凌辱,她为了保护无辜的孩子把村正推了个倒栽葱,自己情愿挨皮鞭也不求饶,她称贪官污吏为"凶手、强盗、丧尽天良的贼",她压抑着满腔的仇恨：

> 黑夜我用眼泪来洗脸，
> 白天我像小草把腰弯，
> 每天我低头过日子，
> 怀着愤怒的心！

根据玛特辽娜性格的发展，她是可能像萨威里爷爷那样走上反抗道路的，只因一件意外的事改变了结局：当她的丈夫被非法抽了壮丁时，玛特辽娜大胆找省长夫人当面申诉，因得到夫人同情而逢凶化吉。无论如何，这件事改变不了女农奴的一般命运，所以尽管故事中的矛盾暂时缓和，玛特辽娜仍然得出了普遍性的结论："女人幸福的钥匙，女人自由的钥匙，让上帝自己丢失了！"

需要附带提一下：女农奴得到省长夫人的同情，这种事当然不是不可能；但萨威里爷爷说的"我们有冤没处诉！……因为你是个女农奴！"却更能说明社会关系的本质。特别是玛特辽娜"赞美省长夫人，赞美好心的阿历山德罗芙娜"的一段赞歌，和全诗的主题思想是不协调的。这大概也是涅克拉索夫在出版检查下，不得已而为之的吧！

除了上述典型人物外，涅克拉索夫也写了广大农民逐渐觉醒的过程。在《醉的夜》等章节中，涅克拉索夫怀着满腔对人民的爱，描写了苦难的人民被压抑的、未觉醒的，然而生气勃勃的力量，也不加粉饰地表现了他们借酒浇愁、逆来顺受的弱点。随着长诗的发展，他笔下的普通农民也渐渐觉醒了，就连不务正业的农民、假村正克里姆也站在广大农民一边，发挥他的演员天才来嘲弄最末一个地主。贯串全诗的七个出门人，看来是属于中间状态的普通农民，而不是农民中的先进分子。虽然他们到剥削阶级中去寻访过好日子的人,却并没有推翻剥削者的叛逆之心,还口口声声说明:"我们是本分的庄户人。""我们哪儿是土匪?"但是他们那种不折不挠、打破砂锅璺(问)到底的精神,却充分代表着广大农民从沉睡之中觉醒过来,思考自己命运的那种强有力的历史进程。"庄稼汉都是牛性子,怪念头钻进了脑袋,用棍子也敲不出来,……直到一点儿不含糊,确确实实弄清楚:谁在俄罗斯能过好日子,过得快活又舒畅?"这么一股牛性子,对剥削阶级和沙皇政府来说,不也是非常可怕的吗?

在农民群众探索和斗争的这股历史潮流中,合乎规律地出现了农民阶级革命利益的代表——革命民主主义者格利沙·向幸福诺夫的形象。出现在《全村宴》中的这个青年,是一个比贫苦农民还穷的穷学生,他靠乡亲的周济、人民的哺育长大,他深深地爱着大老粗们,决心为他们献出自己的一生。涅克拉索夫塑造这个形象,是以杜勃罗留波夫为原型的,他曾在《悼念杜勃罗留波夫》一诗中写过:"一颗多么明亮的理性之星陨落了!一颗多么伟大的心停止了跳动!"而在《全村宴》中,涅克拉索夫又一次写道:"俄罗斯已经把一大批天才的好儿女送上正直的路,并且已经哀悼了他们中的许多人。(他们闪过长空,宛如明亮的陨星!)"诗人让向幸福诺夫走上这条革命道路,并且说:"命运给他准备下了:光荣的路程、人民辩护者的名声、肺病和流放西伯利亚。"涅克拉索夫在这个形象中倾注了自己对车尔尼雪夫斯基、杜勃罗留波夫等革命者的爱和对青年一代的期望。但是这个形象还仅仅是一幅素描或轮廓画,还有待用革命行动来充实和丰富。不过限于出版检查,即便涅克拉索夫不死,要写出向幸福诺夫的革命事业,恐怕也是一个难以实现的心愿吧!

列宁在农奴制崩溃五十周年时写道:"农奴制的崩溃震动了全体人民,把他们从长期睡眠状态中唤醒过来,教会他们自己去找寻出路,去为争取完全自由而斗争。"①长诗《谁在俄罗斯能过好日子》真实地表现了这样一个激烈动荡的历史时期中那种彷徨求索的气氛。

不论中外,"七"这个数字都含有"众多"的意思。七个农民的探索,象征着广大农民群众的探索。七个农民怎么会争论起"谁能过好日子"的问题来的呢?这一点诗人在第一页上就点得很明白了:七个农民"家住勒紧裤带省,受苦受难县,一贫如洗乡,来自肩挨肩的七个村庄:补丁村、破烂儿村、赤脚村、挨冻村、焦土村、空肚村,还有一个灾荒庄"。这就是涅克拉索夫给农奴"解放"后的俄罗斯"乐土"勾勒的一幅速写图!正是现实生活向人民提出了思考的问题,而在思考过程中,问题又一步一步地深化。

"什么是幸福?"这是长诗引导读者思考的一个大问题。七个出门人开始在剥削阶级中寻访幸福的人。神父把幸福解释为"安宁、名声、财富";地主饭桶耶夫恋恋不舍地大谈农奴主的好日子,心驰神往地吹嘘"我爱饶就饶,我爱杀就杀,我的意志就是法律,我的拳头就是警察"的幸福;地主麻木不仁斯基把名利、女人和酒以及宰杀农奴当作幸福。随着长诗情节的发展,作者愈益深入地揭示了:地主、贵族、神父们的幸福是建筑在对人民大众的剥削和压迫之上的。而七个农民所渴

---

① 《农奴制崩溃的五十周年》,见《列宁全集》中文版,第17卷,第71页。

求的则是人民大众摆脱剥削和压迫的幸福。他们寻找的是"不挨鞭子省,不受压榨乡,不饿肚子村!……"

作为农民阶级革命利益的代表,向幸福诺夫进一步提出了革命者的幸福观:"人民的命运,人民的幸福、光明与自由——在一切之上!……扫除掉懦夫,扫除掉懒汉,这就是天堂!"他把萨威里爷爷的幸福提到了更加自觉的高度,只要人民得到解放,自己甘愿走上"肺病和流放西伯利亚"的道路。人民的幸福体现在革命之中,为人民解放事业献身的革命者享有真正的幸福。——这就是涅克拉索夫对本书书名的问题作出的回答。在长诗的结尾,作者写道:"啊,要是咱们的出门人知道格利沙此刻的心情的话,他们马上就可以回家!……"这样,这部长诗从提出问题开篇,到解决问题结束,所以可以作为一本已完成的作品来读。

诗中引申出来的另一个问题是"谁之罪?"人民没有好日子过,罪在何人?《全村宴》中大家争论的这个问题,加强了阶级斗争的色彩。通过一场大辩论,农民群众认识到:地主阶级有罪,罪在剥削。大家承认了向剥削者斗争的正义性。出卖人民利益的人有罪,罪在背叛。大家谴责葛列布,痛打丑托夫,显示了群众的觉悟和团结的力量。归根结蒂,罪在人剥削人的社会制度,各种丑恶现象正是丑恶的剥削制度的产物。

还有一个贯串在长诗中的问题,就是车尔尼雪夫斯基在他的小说中提出的问题:"怎么办?"涅克拉索夫告诉读者:在沙俄的社会制度下,人民不可能有好日子过。怎么办呢?是改良还是革命?作者不顾严密的出版检查,宣传了人民革命的思想。当时沙皇政府"改革"农奴制度,目的正是防止人民革命,这次"改革"由于为资本主义开辟了出路,也确实起了延缓革命的作用。但是革命的火种终究是扑不灭的。身受资本主义和封建残余双重压迫的劳动人民掀起了数以千计的零星起义和骚动。涅克拉索夫站在起义农民一边，他在长诗的字里行间透露了不少消息，例如地主削皮科夫领地的农奴暴动、不屈村遭到军队弹压等，他还写道："因为感恩到了极点，农民又起了暴动！"这对沙皇"解放农奴"的恩典，真是莫大的讽刺！

涅克拉索夫还通过向幸福诺夫的口，召唤青年一代献身于推翻沙皇制度的革命事业，并对这一事业表示无限的信心：

俄罗斯昏睡着，
一动不动！
但是她地下
燃烧着火星，——
…………
亿万大军
正在奋起，
无敌的力量
终将得胜！

诗人展望未来，对俄罗斯的命运作了准确的预言："虽然你今天仍旧是一名奴隶，却已是自由儿女的母亲！"这部革命情绪饱满的长诗，特别是最后一部分《全村宴》，引起了沙皇政府的狂怒，当时的出版检查官这样写道："诗人所描绘的一方的受苦受难和另一方的专横跋扈，已超出了一切忍受的限度，不可能不激起两个阶级之间的愤怒和仇恨。"这说明反动的沙皇政府在这部长诗中嗅到了阶级斗争的气息。

作为一个十九世纪的革命民主主义者，涅克拉索夫不可能超出历史的局限。他宣传农民革命和社会主义思想,但他的思想还是空想社会主义性质的。由于农奴制度的束缚,俄国资本主义的发展比西欧晚,当时无产阶级还在形成。直到涅克拉索夫逝世之后,以一八八三年劳动解放社成立和一八九五年彼得堡工人罢工为标志,俄国无产阶级才独立地登上政治舞台。在涅克拉索夫的时代,他还不能树立历史唯物主义的观点,还不能认识到:依靠农民革命而避免资本主义,这仅仅是一种空想;唯有新兴的无产阶级才是实现社会主义的社会力量。但是,涅克拉索夫在提高人民觉悟方面毕竟起了巨大的作用,产生了深远的影响。他在《谁在俄罗斯能过好日子》中曾把人民的心灵比作新开垦的一片沃土,发出了"快来吧!播种的人"的呼吁。其实,涅克拉索夫自己就是这样一位播种者,他的播种促进了新的革命形势的发展。正如列宁在《纪念赫尔岑》一文中指出的:"对革命的无限忠心和向人民进行的革命宣传,即使在播种与收获相隔几十年的时候也决不会白费。"①

与《谁在俄罗斯能过好日子》的内容相适应,涅克拉索夫在诗的形式上也下了功夫,作了不少革新,使之为农民喜闻乐见。诗人十分熟悉农民,也十分熟悉农民语言和民间文学。这部长诗的书名、结构和童话成分,就和民间说唱文学有密切的亲缘关系。作者灵活运用民歌的"比兴"手法及传统的民歌形象,使得长诗更为色彩鲜明、亲切动人。长诗所用的语言更是充满着淳朴的民间风味,散发着浓郁的泥土芳香。当时

---

① 《纪念赫尔岑》,见《列宁全集》中文版,第18卷,第15页。

的贵族文学家对农民的土话俚语是鄙视的,大概还从来没有一个诗人深入到农民"鄙俗"的生活中去汲取过诗情,也从来没有一个诗人把农民"鄙俗"的语言提炼成诗。但涅克拉索夫却提出:"若要我们对诗完全同情,诗就应当和我们一同留在地上,并用一切人都懂而不仅仅是杰出人物才懂的人间语言说话。"他偏偏屏弃诗人习用的"高雅"语言,而大胆地用农民的口语和农民的美学写诗。涅克拉索夫诗中还吸收了大量民间俗语、俚语、谚语、谜语,充分表现了群众语言的丰富、生动、机智和诗意。"恐怕你咬破钢笔尖,也写不出这么妙的词儿!"这是涅克拉索夫对群众语言的赞扬,也是对贵族文学家的回答。

《谁在俄罗斯能过好日子》的格律也有鲜明的民歌特色。在这里首先需要说明的是,俄罗斯民歌和中国民歌有一个显著区别,其音乐性的基础不是押韵,而是重音和轻音的组合和每行诗中的重音数。其中最有特征的是每行行末往往用"重轻轻"的节奏结尾。涅克拉索夫吸取民歌特点,在《谁在俄罗斯能过好日子》的大部分篇幅中采用了无韵诗的形式,三音步"扬步律"和"重轻轻"结尾相结合的基本格律。通俗一点说,可称之为"八言、六言"句,每两三行或多至五六行"八言"句(其节奏是"轻重轻重轻重轻轻")后,便有一行"六言"句(其节奏是"轻重轻重轻重"),并用句号告一段落。这是涅克拉索夫独创的一种格律,它富于变化,既适合说唱,也有利于抒情或讽刺。虽说是无韵诗,其间也间或穿插着头韵、腰韵、脚韵、对称、双声等音乐手法,加以节奏分明,所以娓娓动听。除这种基本格律外,包孕在长诗中的许多歌谣和小叙事诗却是有韵诗,而且格律丰富多彩,有七八种不同的格律。

鲁迅认为:"凡是翻译,必须兼顾着两面,一当然力求其易解,一则保存着原作的丰姿。"在翻译《谁在俄罗斯能过好日子》时,为了做到两面兼顾,译者作了几点尝试:一、屏弃书生语、"翻译腔",以口语、俚语入诗,尽量体现原著的语言特色,保存其民歌风、乡土味;二、原作绝大部分篇幅是无韵诗,因我国没有无韵体的民歌,如照样译成长篇无韵诗,恐怕读者难以接受,所以插入了一些似有似无的交叉韵;至于原文采用的各种音乐手法,译文也尽可能体现;三、原诗的基本节奏是"八言""六言",译文如果完全照此"填词",容易因辞害意,同时又因为中国民歌是以"七言""五言"为基础的,所以我采取了把"八、六言"和"七、五言"杂糅在一起的相对自由的节奏;四、对原作中的有韵诗部分,译文基本上按照原文节奏与押韵格式译,尽量保存原作多样化的丰姿;五、原诗中的人名地名多有寓意,翻译时采用了意译和音译结合的独特方式;六、对涉及十九世纪俄罗斯的风俗人情之处,译者加了一些注。凡此种种,由于译者水平有限,研究不够,都很难避免错误,敬请读者指正。

飞　白
1980年7月于杭州

第 一 部

开 篇

哪年哪月——请你算，

何处何方——任你猜，

却说在一条大路上，

七个庄稼汉碰到一块儿：

七个暂时义务农①，

家住勒紧裤带省，

受苦受难县，

一贫如洗乡，

来自肩挨肩的七个村庄：

补丁村、破烂儿村、

赤脚村、挨冻村、

焦土村、空肚村，

还有一个灾荒庄。

七个人碰到一块儿，

七张嘴争了起来：

谁在俄罗斯能过好日子，

---

① 一八六一年沙皇俄国被迫废除农奴制度，农奴必须以高额赎金向地主赎取份地，在完成赎地手续前，仍需为地主服劳役或交代役租，在此期间，农民叫作"暂时义务农"。

过得快活又舒畅?

罗芒说:"地主。"
杰勉说:"官吏。"
鲁卡说:"神父。"
顾丙家两兄弟——
伊凡和米特罗多
说是:"大肚子富商。"
八洪老爹头也不抬,
一口咬定是:"公爵大人——
当今朝中的大臣。"
蒲洛夫却说道:"沙皇。"

庄稼汉都是牛性子,
一旦怪念头钻进了脑袋,
哪怕用棍子也敲不出来,——
各说各的,谁也不让!
这一场争吵好不热闹,
不知情的过路人
还道是这帮伙计
挖出了一窖金银在分赃……
前晌他们出门来,
各人都有各人的事儿:
这一位要上铁匠铺;
那一位要给孩子施洗,
到伊凡科沃镇上

去请普罗柯非神父；
八洪老爹要上维利克，
到市上去卖蜂蜜；
顾丙家两兄弟
要套一匹野性子马，
手提着笼头上牧场。
早就该各奔各的道了，
可是他们却不分手，
一股劲儿地往前走！
好像有狼群在背后撵，
越走脚步越匆忙，
一路上只顾得打嘴架，
七嘴八舌乱嚷嚷。

可是时光不等人，
吵昏了脑袋没留意，
不觉天色已黄昏，
西山落了红太阳。
保不准他们会像这样
不分南北地走上一通宵，
多亏对面来了个麻婆子，
外号叫做傻大嫂的，
冲他们喊道："乡亲们！
眼看天快断黑了，
上哪儿去这么忙？"

傻大嫂说完大笑连声,
给胯下的马加了一鞭,
跑得没了影……

"上哪儿去?"庄稼汉们
你瞧我我瞧你没了主意,
站在路上不吭声……
夜幕早已扯起来了,
但见高高的青天上
点着了一批一批的星。
圆圆的月亮浮了起来,
赶夜路的人面前,
影影绰绰朦朦胧胧
出现了挡道的黑影。
黑乎乎的影子啊!
谁没有被你追赶过?
谁没有被你赶上过?
可是谁要想抓住你,
却总是扑个空!

八洪前后望了望,
又瞧瞧两边的大树林,
琢磨了好一会不吭气,
末了儿才说:"好哇!
这准是树林里的妖精
捉弄咱们寻开心!

看来咱们这一轱辘
差不多跑了三十俄里路!
有心要想转回去,——
又困又乏走不动,
不如在此地歇歇腿,
等到太阳升!……"

罪过都推到了妖精身上,
庄稼汉们坐了下来,
在树林边,大路旁,
生起火堆,凑了点钱,
差了俩人去打酒,
剩下的人趁这时间
剥了不少白桦树皮,
做成酒杯来把酒装。
不大工夫酒打来了,
还捎带着下酒的小菜,——
庄稼汉们大摆筵席!
吃了点儿垫补垫补,
三杯烧酒落了肚,
争吵重新开了场:
谁在俄罗斯能过好日子,
过得快活又舒畅?

罗芒喊:"地主。"
杰勉叫:"官吏。"

鲁卡喊:"神父。"
顾丙家两兄弟——
伊凡和米特罗多
直嚷嚷:"大肚子富商。"
八洪老爹喊道:
"官封一品的大公爵——
当今朝中的大臣。"
蒲洛夫却喊道:"沙皇!"

庄稼汉们火暴性子,
越吵劲头就越大,
七嘴八舌破口骂。
看这架势,说不定
还会动武揪头发……

可不是,真干上啦!
罗芒给八洪一拳,
杰勉给鲁卡一脚,
顾丙家两兄弟
一同揍大个儿蒲洛夫,——
你也喊来我也嚷,
谁也不听别人的话!

沉睡的回声被吵醒了,
出来东边游,西边转,
出来南边喊,北边嚷,

好像在挑唆这帮倔汉子，
好像在逗他们耍。
右边传来的声音：
"沙皇！沙皇！沙皇！"
左边发出的回答：
"神父！神父！神父！"
整个树林子乱了营，
鸟儿起翅乱飞，
野兽撒腿乱跑，
长虫也向四外爬，
连吼带叫，吱吱哇哇！

最初是一只灰野兔
从旁边的树棵子里
嗖一声蹿了出来，
一撒腿儿就跑了！
接着是一窝小乌鸦
在白桦树顶上
讨人嫌地吱哇叫。
还有只柳莺的小崽子
吓得从窝里掉了下来，
母柳莺唧唧啾啾地哭，
寻找小鸟，却找不到！
后来有只老布谷鸟
被吵醒了，忽然想起
要招呼人家去布谷。

它试着叫了十来次,
可是每次都走了调……
叫吧,叫吧,布谷鸟!
叫到麦子抽了穗儿,
让麦穗噎住你的嗓子,
你就不叫了!①
飞来了七只夜猫子,
蹲在七棵大树上,
瞧着人打架呵呵笑!
七双黄澄澄的圆眼睛
恰像十四支大蜡烛,
明晃晃地烧!
飞来了一只老乌鸦,
好一只机灵的鸟儿,
它紧挨着火堆坐在树上,
向魔鬼做祷告,
一心只想叫魔鬼
弄死个把人才称心!
一头系着铜铃的母牛
傍晚时分离了群,
这阵儿一听到人声,
就找到火堆边来了。
这可怜的东西

---

① 麦子抽穗时,布谷鸟就不叫了。民间说:"让麦穗噎住了。"——作者原注

瞪眼瞧着庄稼汉们,
静听了一会儿骂声,
它也开口哞哞叫!

愚蠢的母牛哞哞叫,
小乌鸦们吱吱哇哇,
暴躁的汉子乱吆喝,
回声学着他们大家。
回声这东西不干正经事,
专门捉弄人寻开心,
专门吓唬娘儿们和娃娃。
谁也没见过回声是啥样,
可是谁都听过它的声音,
它没有身体却能活,
没有舌头会说话!

莫斯科河边的枭夫人
也飞到这儿来了,
在庄稼汉们头上转着,
一会儿翅膀扇着地面,
一会儿扑着树枝丫……

狡猾的母狐狸,
像爱管闲事的娘儿们,
偷偷地来听人们吵架。
可是它听来听去,

听不出一点名堂,
终于走开了,心里想:
"鬼都不懂他们吵些啥!"
实在的,连吵架的人自己
大概也已经忘了原委,
忘了为啥要干架……

你揍我我揍你揍够了,
到末了儿,庄稼汉们
总算有点清醒了。
他们在水潭里喝了个饱,
又好好儿洗了个脸,
困得想打盹儿了。

这时,那只黄口小鸟儿
擦着地面飞着,
一步一步挪着,
来到了火堆旁。
八洪老爹捉住了它,
就着火光瞧了瞧,
说道:"小不点的雀儿,
爪子倒尖着哩!
只消吹口气儿,
你就会滚出手掌,
只消打个喷嚏,
你就会掉进火堆,

只消一弹指,
你就会把命丧。
可是比起我们庄稼汉来,
小雀儿啊,还数你能耐强!
待几天翅膀长硬了,
你只消嗖的一声
想飞何方就飞何方!
喂,小雀儿啊!
把你的翅膀给了我们吧,
我们要飞遍沙皇的国土,
到处打听,到处看,
到处问,——好弄明白:
谁在俄罗斯能过好日子,
过得幸福又舒畅?"

"其实又何必长翅膀,"
蒲洛夫皱着眉头说,
"只要路上有面包吃,——
每天来它半普特①,
咱们就凭两条腿,
也要把俄国全走遍!"

"每天再来它一桶烧酒。"
顾丙兄弟说

---

① 一普特约四十磅。

(伊凡和米特罗多
哥俩都是好酒量)。

"早上来它十条咸黄瓜。"
庄稼汉们说着笑话。

"晌午来它一罐
清凉的克瓦斯①。"

"晚上再来它一壶
热腾腾的茶……"

当他们正在瞎拉呱,
那只失掉孩子的母柳莺,
老在他们头上转个不停,
听见了每一句话。
它在火堆边停下来,
叫了叫,跳了跳,
忽然对八洪老爹
吐出了人话:

"放了我的儿吧!
为了赎还小鸟儿,
我愿出高价。"

---

① 一种用黑面包和麦芽发酵制成的酸性饮料。

"你能给我们什么呢?"
"我给你们面包——
每天半普特,
外加一桶烧酒,
早上给咸黄瓜,
晌午给酸克瓦斯,
晚上给热茶!"

"可是,小鸟儿,"
顾丙兄弟问道,
"你上哪儿去找
那么些面包和烧酒,
让七条汉子都吃饱?"

"找还得你们自己找,
而小鸟儿我
给你们指点一条道。"

"请你指点吧!"
"从第三十根里程标
转进树林里头去,
径直走上一俄里,
有一块小草坪。
草坪上长着两棵古松,
就在古松根下

埋着一个小匣子,
这个匣子是件宝。
你们把匣子刨出来,
匣子里装着一块
自己开饭的桌布,
随时随地,你们饿了,
它就会供你们吃个饱!
你们只消念念有词:
'喂!自己开饭的桌布,
招待招待庄稼佬!'
顺着你们的心愿,
照着我的吩咐,
转眼间饭菜都摆好。
现在,放了我儿吧!"

"等等!"八洪说,
"你瞧我们这么穷,
要走的道又这么远。——
我琢磨你准是一只仙鸟,
你就干脆帮个忙,
把我们身上的旧衣服
也都点化一番!"

罗芒要求道:
"叫我们的粗外套
老也穿不破!"

杰勉要求道：
"叫我们的树皮鞋
老也磨不穿。"

鲁卡要求道：
"叫我们的衬衫里
不生虱子和跳蚤。"

顾丙兄弟要求道：
"叫我们的包脚布
不霉也不烂……"

柳莺回答他们说：
"不论要缝缝补补，
还是要洗洗晒晒，
自己开饭的桌布
都会替你们干……
好了，放了我儿吧！"

八洪摊开大手掌，
把小鸟儿放了。
于是，那只黄口小鸟儿
擦着地面飞着，
一步一步挪着，
飞向它的窝。

母柳莺跟在它后面，
一边飞一边回头说：
"有一件事你们要切记：
只要肚子盛得下，
要多少吃食都可以；
可是每天喝的酒
只能要一桶不能再多。
若是你们多要了，
头一两次还可将就，
满足你们的要求，
第三次上就要遭祸！"

柳莺叮嘱完了，
就和它的小崽飞走了。
庄稼汉一个跟一个，
都走上了大路，
寻找第三十根里程标。
找到了！他们一声不吭，
拐进了林间小道，
在密密的树林中
一直向前走着，
一步一步数着。
不多不少走了一俄里，
就到了一块小草坪，
在那块草坪上
两棵古松长得高……

庄稼汉们齐动手,
刨出了那个小匣子,
打开匣子一瞧,
真有自己开饭的桌布!
这当儿大伙一齐叫道:
"喂!自己开饭的桌布,
招待招待庄稼佬!"

瞧哇!桌布铺开了,
不知是从哪儿
现出一双粗壮的手,
捧上了一桶酒,
摆上了一大堆面包,
然后又不见了。

"怎么没有咸黄瓜?"

"怎么没有热茶?"

"怎么没有凉克瓦斯?"

一眨眼全都变出来了……

庄稼汉们松开腰带,
围着桌布团团坐,

这一番筵席好排场！
他们高兴得互相亲嘴，
互相保证：从今后，
再不动火乱干架；
那件犯争吵的事儿，
要讲道理，凭良心，
好好解决，好好商量。——
大家决意不回家，
不见自己的老婆，
不见幼小的儿女，
不见年老的爹娘，
直到把犯争吵的事儿
寻访出一个结果，
直到一点儿不含糊，
确确实实闹清楚：
谁在俄罗斯能过好日子，
过得幸福又舒畅？

庄稼汉们许下心愿，
趁天没亮睡了一觉，
睡得还真香……

第一章 神 父

一条宽广的沙土路，
路边两行白桦树，
伸向天边不见尽头，
景色好荒凉。
大路两边一溜慢坡，
有庄稼，有牧场，
可是更多的
却是丢荒了的地。
池塘边，小河旁，
有破旧的村庄，
也有新建的村庄。……
啊！俄罗斯的森林，
开了冻的大河小溪，
春水泛滥的牧场——
在春天里多么美丽！
可是看到春天的田地，
看到黄瘦的禾苗，
却又令人心伤！
咱们的出门人议论着：

"这么长的一个冬天,
每天大雪纷纷下,
待到今儿个开了春,
到处是雪水哗哗淌!
雪这玩意儿老实一辈子:
它不声不响地飞着,
它不言不语地躺着,
末日临头,它大声嚷。
放眼四望全是水,
田地都叫雪水淹了,
要想送粪也送不上!
时令不早,五月快到,
怎不叫人心焦得慌!"
破旧的村庄真难看,
可是新建的村庄
叫人看了更心酸!——
新木屋,新茅屋,
乍一看还挺不赖,
其实庄户人盖房子,
不是因为攒了余钱,
而是因为遭了火灾!……

七个出门人早起上路,
遇见的多半是小人物:
有他们的兄弟伙——
穿树皮鞋的庄稼佬,

有要饭的和当兵的,
也有手艺人和马车夫。
碰上乞丐和大兵,
咱们的出门人没打听:
在俄罗斯,他们的日子
过得是好还是苦?——
当兵的锥子当剃刀,
当兵的熏烟当烤火,
哪里谈得上幸福?……

眼看天色近黄昏,
迎面来了一辆马车,
车上坐着一位神父。
庄稼汉们摘下帽子,
深深地鞠了一躬,
做一字儿排开,
拦住了神父的马,
挡住了神父的路。
神父抬头一看,
眼神儿疑疑惑惑:
这帮人想要干什么?

"不用怕!"鲁卡说,
"我们不是拦路打劫!"
鲁卡,这矮墩墩的汉子,
长着一部连腮胡,

倔头笨脑,嘴倒爱说。
鲁卡这人好像风车,
风车和飞鸟就一步之差:
不论它怎么猛扑翅膀,
终究是飞不上天,
到底是挪不了窝。

"我们是本分的庄户人,
都是暂时义务农,
家住受苦受难县,
一贫如洗乡,
肩挨肩的七个村庄:
补丁村、破烂儿村、
赤脚村、挨冻村、
焦土村、空肚村,
还有一个灾荒庄。
我们心里有个疙瘩,
一桩心事大得很,
弄得我们忘了吃喝,
弄得我们扔下农活,
离开了家乡出远门。
望你答应我们:
对我们大老粗的话,
不取笑,不卖关子,
凭良心,讲道理,
老老实实回答我们,

要不然,我们这桩心事
只好再去问别人……"

"请吧,我答应你们:
如果问的是正经事,
我不取笑,不卖关子,
一定凭着真理,
认真答复你们。阿门!……"

"多谢了。听着吧!
我们在大路上,
凑巧碰到了一块儿。
碰到一块儿,争了起来:
谁在俄罗斯能过好日子,
过得快活又舒畅?
罗芒说:'地主。'
杰勉说:'官吏。'
我就说:'神父。'
顾丙家两兄弟——
伊凡和米特罗多
说是:'大肚子富商。'
八洪老爹说是:
'官封一品的大公爵——
当今朝中的大臣。'
蒲洛夫却说:'沙皇!'……
庄稼汉都是牛性子,

怪念头钻进了脑袋，
用棍子也敲不出来，——
争了半天，谁也不让！
争来争去吵起来了，
吵来吵去打起来了，
打完一架定下主意：
七个人从此不分开，
再不回各人的家，
不见自己的老婆，
不见幼小的儿女，
不见年老的爹娘。
直到把犯争吵的事
寻访出一个结果，
直到一点儿不含糊，
确确实实闹清楚：
谁在俄罗斯能过好日子，
过得快活又舒畅？
可敬的神父先生，
神父的日子美不美？
你是不是舒畅而幸福？
请你凭着上帝，
对我们讲一讲……"

神父在马车上坐着，
低头思索了一会儿，

才说:"正教徒①们!
埋怨上帝是罪孽,
我背负着我的十字架,
忍受着一切……
要问我日子过得如何,
我把真相告诉你们,
你们就凭着农夫脑袋,
好好儿去琢磨!"
　　　　　"请说吧!"

"你们认为什么是幸福?——
安宁、名声、财富,
对吗,乡亲们?"

他们说:"不错……"

"那么咱们来瞧一瞧,
当神父有什么安宁?
老实说,我们从诞生起,
就得拼命钻营。
一个神父的儿子
怎么才能捞到文凭,
又要花什么代价

---

① 东正教是基督教的一个分支,俄国的国教。

才能获得神父职位,①——
唉,真是一言难尽!
…………
…………

"我们的教区大,
道路又难走。
害病的、咽气的,
还有呱呱落地的
都不会挑选好时辰:
割草、割麦农忙时节,
秋夜里更深人静,
数九天漫天风雪,
一开春遍地泥泞,——
哪里招呼上哪里去,
随叫随到不去不行。
累散了骨头架子,
那倒还在其次,
最受累的,最遭罪的,
还是我的灵魂。
正教徒们,说出来
你们也许不相信,
虽说是职业习惯,

---

① 神父的儿子神学校毕业后,只有娶某个死去了的神父的女儿为妻,才能获得死者的职位。

忍受也总有个极限：
听到垂死的喘息，
听到灵前的号啕，
看见孤儿的悲伤，
谁能无动于衷！
阿门！……请想一想，
神父有什么安宁？……"

庄稼汉们想了一想，
也让神父歇了口气，
然后鞠了个躬道：
"还有什么告诉我们？"

"兄弟们，现在再看看，
神父的名声好不好听？
这件事说起来很微妙，
不知会不会得罪你们？……

"正教徒们，请说说，
你们管什么人叫'马杂种'？
说呀，回答我！"
庄稼汉们说不出口，
大伙儿谁都不吭声……

"你们出门碰到什么人，
就自认晦气，连呼倒运？

说呀,回答我!"

庄稼汉们手脚无措,
清了清嗓子,还是不说!

"你们把什么人
编成讽刺的笑料,
编成下流的歌谣,
难听的话儿一大箩?……

"对端庄的神父太太,
对无罪的神父的姑娘,
对神学校的学生——
你们礼貌又如何?

"你们冲着谁的背后
幸灾乐祸地怪叫:
呵呵呵呵?……"

庄稼汉们低头不回答,
神父也不说话……
庄稼汉们想着心事,
神父用宽边帽扇了几下,
抬头瞧了瞧天色:
春天里白云朵朵飘,
好像一群小孙孙

围着红脸的太阳公公
快活地玩耍。
可是右边的天却雾蒙蒙地
扯起了一片乌云,
好像黑沉着脸哭鼻子,
灰色的雨丝千万缕
从天上垂到地下。
近处,在庄稼汉们头顶上,
那些调皮的云彩
已经撕成了一片片,
太阳在云彩间躲闪,
好像是个大姑娘
在麦捆后面红着脸笑!
乌云一步步往上爬,
神父连忙戴上了帽,——
看样子这场雨还挺大!
可是右边的天空
却已经晴朗起来了,
那边的雨快下完了。
哟!那边下的不是雨,
那是天上的奇景啊!——
只见一排排金丝线
从云端往下挂……

顾丙家的两兄弟
终于吭了声:

"这是老一辈传下来的,
怨不得我们……"
大家连忙附和说:
"是啊,怨不得我们!"
神父说道:"阿门!
正教徒们,请原谅!
我并不是指责旁人,
只是应你们的要求,
对你们讲一讲真相。
瞧,这就是一个神父
在农夫之间的名声!
至于地主的态度……"

"地主就甭提了,
我们知道他们的德行!"

"兄弟们,现在再看看,
为什么人家说神父富?……
不多久以前,
在咱们俄罗斯帝国,
贵族的大庄园
还是一处连一处,
一家家都是名门望族,
可惜如今已见不到
那样排场的大地主!
他们家道兴旺子孙多,

我们也就有好日子过。
逢上地主办喜事,
碰上地主添子孙,
我们就放开肚皮吃啊!
当时的老爷们,
尽管性子暴一些,
可终究是善心的主儿,
是我们教堂的老主顾:
结婚要我们行礼,
生孩子要我们施洗,
有罪要向我们忏悔,
死了要我们举行葬仪。
哪怕地主在城里住,
也一定要回乡来咽气,
万一临时来不及,
不小心死在城里了,
他也千叮万嘱,
要把他埋进故乡土。
瞧吧!死者的子孙
驾着六套马的灵车,
拉着先人的棺材,
奔我们乡下教堂来了!
这一来神父改善了生活,
全村人和过节差不多……
可是如今呢?
唉,世道不古!

地主像犹太人似的,
分散到外地去了:
有的在俄国各地,
有的跑到了外国。
如今他们不再讲究
埋在自己领地里,
埋在自己祖宗一起。
他们的许多领地
也已经卖给了暴发户。
唉!俄罗斯贵族
娇生惯养的骨头
如今到处都随便埋,
埋在随便哪块土!

"还有一桩麻烦事,
就是那些旧教徒①……
我可是问心无愧,
从来不靠旧教徒发财。
说起来也算我走运,
不搜刮他们也行:
在我的教区里
三分之二教民是正教徒。
可是也有些教区

---

① 十七世纪俄国发生教会分裂,反对官方教会的一派称为旧教徒,因奉行旧的宗教仪式而得名。旧教徒为了免于迫害,常需给正教神父贿赂。

差不多统统信旧教,
你叫神父怎么过?

"真是世道无常啊!
连世界也会毁灭,
世上的一切都靠不住。
前几年,对付旧教徒
禁律可严着哩,
如今却放松了,
这一来可不打紧,
神父的收入断了门路!
地主都不见影儿了,
他们不住在庄园里,
七老八十活够了寿数,
也不回乡下来咽气。
有钱的地主太太们——
虔诚的老奶奶们,
不是早已死掉了,
就是在修道院旁落了户。
还有谁给神父送长袍?
还有谁给绣圣餐布?
神父只有靠农夫过日子,
做法事收些银角子①,
逢年过节要些喜糕,

---

① 值十戈比的银币。

复活节要些鸡蛋。
农夫自己穷得要命，
想多给点儿也拿不出……

"农夫的铜子儿啊，
有时拿了也不顺心！
咱们的土地薄，
泥沼、苔原加沙地。
牛羊成年吃不饱，
撒一斤种子收两斤粮。
难得大地发慈悲，
多打了粮食也成灾：
有了粮食没囤装，
有了急用卖粮食，
谷贱伤农卖不起价钱！
接着来一个灾荒年，
只好卖了牛，卖了羊，
花三倍高价再去买粮！
正教徒们，祈祷吧！
今年这年景
看来也是凶多吉少：
冬天风雪大，
春天雨水多，
早已到了播种时节，
地里却是一片汪洋！
上帝，发发慈悲吧！

快把弯弯的彩虹
架在咱们天上!①"
(神父脱帽画十字,
听众们也学他的样。)

"咱们的农村穷,
村里农夫害着病,
女人眼泪洗面,
挑着一家生活的重担,
当着奴隶,求告着上帝,
一辈子辛劳不停!
上帝,给她们力量吧!
这样挣几个血汗钱,
过日子太艰辛!
每逢我到病人家,
总觉得最怕人的,
并不是垂死的人,
而是就要失掉当家人的
农夫的家庭!
我给死人祝了福,
又劝孤儿寡妇
要打起精神来过活,
这时分,一个老太婆——
死者的老母亲,

---

① 弯度大的虹主晴,弯度小的虹主雨。——作者原注

向我伸出骨瘦如柴、
长满老茧的手,
手心里两个五戈比的铜钱
叮叮当当磕碰着,
那声音真叫人打寒噤!
当然,我问心无愧,——
做法事拿报酬理所当然,
要不叫我吃什么饭?
可是想说句安慰话,
话儿就在舌尖上,
却说不出声!
做完法事回家去,
总觉得堵心……阿门!"

────────

神父说完这番话,
轻轻打了一下马。
庄稼汉们闪开道,
深深地鞠了一躬,
马儿慢慢地迈开了步子。
这时六位老乡
不约而同地
一齐冲着鲁卡,
祖宗八辈儿地
给了他一顿臭骂:

"这回开窍了吧?

你这乡下土包子,
榆木脑袋瓜!
争得倒怪卖劲儿,说什么:
'神父是教堂里的贵族,
日子过得像公爵一样!
神父的楼阁高入云霄,
神父的领地钟声闹,
铜钟一响传遍普天下。
伙计们,我在神父家
整整帮了三年工,
日子甜得像果子酱!
神父家稀饭油汪汪儿的,
神父家饽饽是带馅儿的,
神父家喝的是鱼汤!
神父的老婆胖墩墩的,
神父的姑娘白净净的,
神父的马匹滚瓜溜圆的,
神父的蜜蜂吃得饱饱的,
嗡嗡嗡嗡唱起来,
声音像铜钟一个样!'
瞧你把神父过的日子
吹得多了不起!
好一个浑小子,
谁叫你乱吹牛皮?
谁叫你动手干架?
难道凭你的胡子多,

就想压倒我们大家?
要知道长胡子山羊
早在老祖宗亚当出世前,
就在世界上游荡,
可是一直到如今,
山羊还是大傻瓜!……"

鲁卡站着闷声不响,
心里直嘀咕,
怕大伙使拳头来揍他。
这顿打本来躲不过,
幸亏神父的路拐了个弯,
神父一本正经的脸
又在土坡上现了一现,
鲁卡才免了打。

第二章 集 市

咱们的七个出门人
埋怨这春天又冷又涝,
埋怨得有理。——
庄稼汉盼春天来得早,
庄稼汉盼春天天气暖,
可是今年的春天哪,
急得人真要学狼嗥!
太阳不肯露笑脸,
不给地面热和光;
雨云像一群群奶牛,
在天上游游荡荡。
雪倒是化了,可是大地呀,
没一片树叶没一苗草!
雪水老是不肯消,
大地老是穿不上
绿油油的天鹅绒,
它躺在阴沉的天底下,
光秃秃地好不凄凉,
像一具死尸没衣裳。

可怜的庄户人真遭罪,
可是牲口比人还遭罪。
过冬的草料早已喂光,
主人拿起长竿子,
把牲口赶到牧场上,——
牧场上却只有一片黑土,
什么吃食都找不到!
一直挨到尼柯拉节①,
才算盼到了好天气,
牲口美美地嚼开了
又绿又嫩的草。

―――――

这一天挺热。庄稼汉们
在小白桦树下走着,
你一言我一语聊着:
"这个村不见人,
那个村冷清清!
今天本来是节日,
老乡们都在哪儿藏?……"
来到一个大村庄,
街上只见小娃娃们,
屋里只见老婆婆们,
另外一些人家

① 五月二十二日。

干脆就把门锁上。
锁是一条忠实的狗,
它不吠,也不咬,
可就是不让人进房!

走出村庄,忽看见
盛得满满的一池水,
恰像是一面镜子,
镶着翠绿的镜框。
一对对春燕掠过水面,
还有些蚊虫般的东西,
长得瘦长又伶俐,
一纵一跳在水面上逛,
像脚踩平地一个样。
池边的柳树丛里
秧鸡在叽叽地叫。
池边有个晃晃荡荡的木排,
一个神父家的大姑娘
胖得像松垮垮的麦秸垛,
手拿棒槌,掖高裙子,
站在木排上。
木排上还有一群小鸭,
偎着母鸭睡得怪甜……
忽听得马打了个响鼻!
庄稼汉们一齐望去,
只见水面冒出两个脑袋,——

一个是庄稼汉,
黑脸膛,卷头发,
还戴着个白耳环
(太阳照得它闪闪亮);
另外一个是马脑袋,
拴着根绳子三丈长。
庄稼汉口里叼着绳子,
人在凫,马在游,
人在喊,马在嘶,
一面打水,一面嚷嚷,
弄得那娘儿们和小鸭子
在木排上逛荡了几逛荡。

庄稼汉撵上了牲口,
揪住鬃毛翻身上马,
骑着马跑到草地上。
好个彪壮的小伙子,
身上雪白,脖子晒得焦黑,
骑手和马都湿淋淋,
水珠哗哗地往下淌。

"为什么你们村里边
像死绝了似的,
一个人影儿都不见?"
"都上苦哥儿镇了,
今儿个那里正逢集,

又赶上过尼柯拉节。"
"到苦哥儿镇有多远?"

"约莫三俄里。"

"咱们上苦哥儿镇吧,
去瞧瞧节日的集市!"——
庄稼汉们商议定了,
心里暗自思量:
"日子过得幸福的人,
莫非就藏在那里?……"

苦哥儿镇买卖挺兴隆,
街上却真叫脏。
这市镇两头是山坡,
当中间儿一个大洼坑,
你说它怎么不存泥浆?
古老的教堂有两座:
一座是旧教堂,
一座是正教堂。
有一座空房子,
门窗钉得严严实实,
上面写着俩字是:"学堂"。
还有一间小木屋,
开着个小窗口儿,
墙上画着一个医助

正在给人放血退烧。
一家邋邋遢遢的客栈,
一块招牌挂门前
(画的是一个跑堂的
托着一个托盘,
盘里一把大茶壶,
围着一圈小茶碗儿,
恰像是一群小鹅
偎着母鹅睡觉)。
这儿还开着几家小铺子,
比起县城里的商场,
也差不了多少……

七个出门人走到集市上,
只见货物色色都有,
赶集的人多得数不清!
咦,你说妙不妙?
这儿又不是求神拜佛,
可是赶集的庄稼人
就像在神像面前似的,
一个个都不戴帽,——
也许是本地的乡风!
你再细细瞧,
庄稼汉的帽子
都到哪儿去了?——
原来,除了一家酒窖、

两家小饭馆、
十来家烧酒铺、
三家小客栈、
一家葡萄酒店
和两家酒馆不算数,
还有十一个酒保
趁着过节发利市,
在镇上搭起了帐篷。
每个帐篷有五个伙计,
都是挺帅的小子,
又精干,又麻利,
可还是张罗不过来,
端酒都端不赢!
瞧!多少庄户人的手
争先恐后伸过来,
手里拿的不是现钱,
是帽子、手套、包头布!
哟!为什么你们这样渴,
俄罗斯的正教徒?
为了用烧酒浇灵魂,
帽子就去他娘的吧,
等到赶完了集,
再想法去赎……

春天的阳光好暖和,
抚摸着醉汉们的头颅……

四面望去,只见是:
醉醺醺,闹哄哄,
又是绿,又是红,
节日的空气真叫浓!
小伙子穿着棉绒裤,
五颜六色的裰子,
带条纹的背心;
媳妇儿们穿着红裙子,
姑娘们扎着蝴蝶结,
像天鹅般东游西逛。
还有几个最时髦的,
照着京城打扮,
裙子里套着几道箍,
撑得活像个大灯笼!
踩了她裙边可不得了,
小嘴儿一噘骂不停!
摩登的娘儿们,
你们爱在裙子里
带一套打鱼的家伙,
那也只好由你们!
却有个信旧教的婆子,
一面恶狠狠地
盯着打扮花哨的娘儿们,
一面对她的女伴说:
"天灾要降临了!
饥荒要来到了!

你瞧禾苗都淹了,
你瞧春天发的水
到彼得节①也消不了!
自从妇道人家穿红布,
这地面草木不生,
庄稼也白种!"

"他干娘,这红布
到底有什么罪过?
我一点儿也不懂!"

"这红布是法国货,
全都是用狗血染成!
这会儿你懂了没懂?……"

出门人挤过马市场,
又来到一片山坡上,
这儿满堆着犁耙、竹篙、
斧子、轮箍、大车架,
买的卖的闹嚷嚷。
有的赌咒,有的逗趣,
还听得一阵笑声响。
叫人怎么不发笑呢?——
有个小个子乡下人,

---

① 七月十二日。

走来走去想买轮箍,
弯弯这条不合意,
弯弯那条皱皱眉,
不料那轮箍伸开来,
恰巧弹在他额角上!
小个子冲轮箍怪声叫,
骂它是根榆木棒。
还有个汉子来赶集,
拉来一车木碗木勺,
一翻车倒了个精光!
他醉得糊里糊涂的,
车轴折了他用斧子修,
却又弄折了斧子柄!
这汉子瞪着斧子发了愣,
一本正经地数落着它:
"你呀,你算什么斧子?
简直是个流氓!
吐口唾沫的小事一桩,
你也干不成。
你点头点了一辈子,
可就是不帮忙!"

七个出门人又逛小铺,
瞧瞧手绢儿、马具、
伊凡诺沃的花布、
基姆雷的鞋。

在一家鞋铺门口
他们又被逗得直乐:
原来有位老大爷
想给外孙女儿买羊皮鞋,
问了五六次价钱,
翻来覆去看了又摸,——
第一等的好货色!
掌柜的说:"大爷!
请你付两个银双角①,
要不就甭穷蘑菇!"
"你等等!"老头儿说,
他一面欣赏小皮鞋,
一面唠唠叨叨说:
"唉,女婿去他娘的,
闺女也不会说什么,
老婆子让她去穷啰唆!
就是外孙女儿可人疼!
这乖妮子搂着我脖子,
一口一声儿说:
'买点儿好东西给我!
老爷子,一定买!'
丝一般的头发
搔着我这老头的脸,
小嘴儿亲得怪亲热。

---

① 值二十戈比的银币。

'好吧,光脚妮子!
好吧,调皮丫头!
我给你买一双羊皮鞋!'
我瓦维罗夸下口,
答应给全家大小
都送点儿物件……
可是一脚踏进小酒店,
最后一个子儿也打了酒喝!
今儿个我回去见家人,
老脸往哪儿搁?……

"唉,女婿去他娘的,
闺女也不会说什么,
老婆子让她去穷啰唆!
就是外孙女儿可人疼!……"
老头儿越说越难过……

铺子前一帮人围着听,
听着听着不笑了,
只觉得老头儿怪可怜。
要是出把力的事儿,
要是给块面包的事儿,
大家都愿帮补他一步,
可是两个银双角,
却是谁也掏不出。
恰巧这儿有个人,

名叫维列谦尼柯夫,
(庄稼汉们不知道
他是不是贵族出身,
可是都称他作"先生",
他能说会道,谈笑风生,
穿的是红衬衣、黑外套,
油光锃亮的皮靴,
他爱听俄罗斯民歌,
自己也唱得很动听。
在客栈、酒馆、饭店里,
到处都见他出入。)
就是他解救了瓦维罗,
替他买下了小皮鞋。
瓦维罗抓起鞋,
跑了个一溜烟!——
老头儿那份乐啊,
竟忘了向先生道谢,
可是围着看的庄稼汉
一个个都心满意足,
仿佛是这位先生
送了每人一卢布。

还有一家小铺子
专门卖些书和画,
上这儿来办货的
尽是乡下的货郎。

狡猾的奸商问他们：
"再拿些将军怎么样？"
"行！拿几张将军！
不过你要凭良心，
要给我们真货，——
要拣威风点儿的，
而且要长得胖。"

"这些人真没见识！"
掌柜的讥笑他们说，
"将军怎么能看长相……"

"老兄，你别逗了！
不看长相看什么？
你销给我们破烂货，
叫我们拿去往哪搁？
你唬不了我们！
在乡下人眼里，
将军全都是一码事，
好像一棵树上的松球果。
相貌窝囊的将军，
碰到内行才卖得出；
可是威风的胖将军，
碰到谁都能出脱……
来，拣个儿大的，
拣仪表堂堂的，

眼睛要鼓鼓的,
胸脯要挺挺的,
铜牌牌儿要多!"

"文官也来几个吧?"
"要文官有屁用!"
(但到底还是拿了个大臣,
就冲他价钱便宜,
肚子像个大酒桶,
铜牌牌儿挂了十七颗。)
掌柜的殷勤得了不得,
什么好听拣什么说,
(他本是鲁边卡①来的
头号骗子手!)
他把布吕赫尔②、
修道院长佛基③
和大盗洗皮哥的画像
一样推销了一百多,
还卖出一批书:
《小丑巴拉机列夫》
和《英国贵族》……
书本装进货郎筐,
画像也到处去流浪,

---

① 莫斯科街名,当时是批发通俗图书的中心。
② 布吕赫尔是普鲁士将军,曾参加滑铁卢战役。
③ 佛基是宗教界的反动人物。

漫游这俄罗斯大帝国,
直到有一天
在农民的小屋里停下来,
在矮矮的墙上挂起来,——
鬼才知道为什么!

啊!哪一天,哪一天,
(但愿这一天早到来!)
农民们才会明白:
画像和画像不一般,
书和书也大不同?
啊!哪一天,哪一天,
庄稼汉不再买布吕赫尔
和那愚蠢的英国贵族,
而从集市上带回去
别林斯基和果戈理的书?
啊,信正教的庄稼汉!
俄罗斯的同胞们!
你们听见过这些名字吗?
这是伟人的名字哟,
他们毕生替人民说话,
他们毕生为人民辩护。
你们该在自己的小屋里
挂他们的像,
读他们的书……

猛听得小铺门前有人喊：
"我倒是想进乐园，
可就是摸不着门儿！"
"你想找什么门儿？"
"看戏的门儿。听，唱着哩！"
"走吧，我领路！"

听说集市上做木偶戏，
咱们的七个出门人
也跟着去瞧热闹。

上演的是一出滑稽戏，
角色有山羊和鼓手，
还有个小丑叫彼得。
伴奏的不是八音匣，——
真人演奏真音乐。
这出戏虽不高深奥妙，
但也不浅薄无聊，
它讽刺警察局长和警察，
简直是一针见血！
戏棚子挤得满满，
庄稼汉们嗑着榛子，
你一句我半句闲聊着天。
瞧，这儿也少不了酒！
大家边喝边看戏，
乐呵呵地挺解闷儿，

还就着小彼得的台词,
插进些绝妙的警句,——
恐怕你咬破钢笔尖,
也写不出这么妙的词儿!

戏迷们一等戏演完,
就钻到屏风后面去,
和音乐师们亲嘴,
谈谈笑笑好不亲热:
"伙计们,打哪儿来?"
"我们本来都是家奴,
专门给地主奏乐。
今儿个我们是自由人,
谁管我们吃喝,
谁就是老爷!"

"说得有理,朋友们,
你们给老爷娱乐够了,
也该让庄稼汉开开怀!
喂,小伙计! 甜烧酒!
果子酒! 茶! 啤酒! 香槟!
麻利儿地端上来! ……"

大碗接着大碗喝,——
庄稼汉款待音乐师
比老爷还慷慨。

不是狂风在吹哇,
不是大地在晃,——
是节日的人群
吵吵嚷嚷,踉踉跄跄,
打架、亲嘴加骂娘,
有的打滚有的唱!
庄稼汉在山坡上放眼瞧,
只觉得整个镇都站不稳,
就连那古老的教堂
和它高高的钟楼
也晃荡了两晃荡!
在这儿,清醒的人
倒像是光着屁股似的,
与众不同怪难为情……
咱们的出门人
又在市场上遛了一遭,
临到黄昏时分,
才离开这个开了锅的镇……

第三章 醉 的 夜

和一般俄国市镇不一样,
坐落在市梢头的
不是粮仓,不是烘谷棚,
不是磨坊,也不是酒馆,
而是一间矮矮的
树干垒成的囚犯站①,
开着狭小的窗户,
装着铁栏杆。
囚犯站外一条大路,
路边两行白桦树,
打从这儿伸向天边。
平日路上静悄悄,
行人稀少怪冷清,
今儿个大不同!

在整条大路上,
在条条羊肠小道上,

---

① 押解到西伯利亚去的囚犯途中宿夜的地方。

目所能及的地方,
到处是喝醉的人,
有的坐车有的爬,
有的躺在泥地上,
手乱抓,脚乱踹,
一片哼哼声!

大车吱吱呀呀叫,
庄稼汉们熟睡着,
苦命的脑袋低垂着,
像牛犊脑袋似的,
晃晃悠悠,悠悠晃晃,
摇晃个不停!

老乡们走着走着,
平地就摔倒了,——
仿佛有敌人向他们开火,
开花弹落在人群中!

黑夜悄悄降临人间,
月亮已经露了脸,
上帝开始用赤金
在暗蓝色的天鹅绒上
写出一篇告示,——
这篇告示实在高深,
不论是聪明人还是傻瓜,

谁也读不懂。

大路上嘈杂的人声啊，
恰像蔚蓝的大海，
一阵儿静下来，
一阵儿又闹腾……

"给了录事半卢布，
给省长的呈子就写好了……"

"喂！车上大蒲包掉了！"

"娥莲卡，你哪儿跑？
别走！再给你块蜜糖饼！
你倒像只小跳蚤，
吃饱了就跳开了，
也不让我抱一抱！"

"沙皇的诏书好得很，
可惜不是为的咱们……"

"老百姓们都闪开！"
（一帮税吏乘着马车，
从集市上疾驰而来，
铃声叮当好势派！）

"我说,伊凡·伊里奇,
烂笤帚虽然不值一文,
可是满地这么一胡噜,
也扬大家一脸灰尘!"

"上帝保佑,小芭拉,
你千万别上彼得堡!
要晓得那些官老爷,——
你白天当他的女仆,
夜里就成了他的姘头。
你别听他那一套!"

"哪儿去这么忙,沙瓦?"
(神父招呼警察,
警察佩着号牌,骑着马。)
"上苦哥儿镇去,
找局长!出事儿啦,
前面打死了一个乡下人……"
"唉!罪过,罪过……"

"达留莎,你瘦啦!"
"唉,人又不是纺锤,——
纺锤越转身子越胖,
可我一天转到黑……"

"喂,破衣烂衫的

长疥生癣的傻小子,
快快爱上我!
爱上这披头散发,
烂醉如泥,身子肮脏的
老——太——婆!……"

咱们的庄稼汉没喝醉,
他们走着自己的道,
一边听,一边瞧。

忽看见大路当中
有个小伙子闷声不响地
刨了老大一个坑。
"你在这儿干什么?"
"我埋我的老妈妈!"
"蠢货!什么老妈妈!
瞧瞧:你把新外套
埋在土里了!
赶快趴到水沟里去,
伸长猪嘴喝凉水,
让酒醒一醒!"

"来,咱俩来拔河!"

两个汉子坐在地上,
脚掌抵脚掌,

憋足劲儿,喘着哼着,
拔一根擀面棍儿,
拔得关节咯吱响!
拔擀面棍儿还不过瘾:
"这一回,咱们俩,
揪住胡子比比劲儿!"
眼看胡子剩不几根儿,
干脆就抱住脑袋拔,
直拔得脸红脖子粗,
气喘又抽筋,
号着叫着,拔个不停!
"够了,够了,疯子!"——
咳,哪怕兜头一盆水,
也浇不开这两个人!

两个婆子在沟里吵嘴,
这个嚷:"回我那个家,
比罚苦工还受罪!"
那个叫:"我家才糟心!
你家怎能比我家?
大女婿敲断我一根肋骨,
二女婿偷了一个线球,——
一个线球倒不值啥,
可里边还藏着半卢布!
三女婿成天揣着刀,
早晚会把我杀!……"

"得了,得了!"土坎后
不远的地方有人说,
"好哥哥,你别恼我!"
"我没啥……咱们去吧!"
好一个大胆的夜啊!
向左瞧,向右望,
只见大路两边,
走着一对对,一双双……
莫不是上前面树林去?
那树林可真诱人,
甜嗓子的夜莺啊,
正在林中唱……

拥挤的大路哇,
天越晚越不像话:
越来越多的人打破头,
越来越多的人满地爬。
没有一句话不带骂娘,
那疯癫的话儿,
那放荡的词儿,
嗓门儿还格外大!
酒店门口乱纷纷,
大车都乱了套,
受惊的马儿丢下主人,
满市街乱跑。

小孩儿吱吱哇哇哭,
为娘的、为妻的好心焦:
如何才能把男人
从酒馆叫回家?……

在一根里程标旁边,
有个语声儿怪耳熟,
咱们的出门人走近瞧,
原来是维列谦尼柯夫
(就是买了小羊皮鞋
送给瓦维罗的那一位),
正同农人们在聊天。
对这位好先生
庄稼汉们无话不谈。
他对谚语有兴趣,
大家就让他记下来;
他夸这首民歌好,
大家唱上五遍也不嫌烦。
民歌、谚语记得不少了,
维列谦尼柯夫说:
"俄罗斯农民真聪明,
可是有一桩太糟糕:
喝酒喝得醉如泥,
一头倒在沟里边,
实在不雅观!"

庄稼汉们听着,
都说先生说得不错。
维列谦尼柯夫正准备
在笔记本儿里记些什么,
冷不防冒出一个人——
一个酒醉的老汉,
他本来在地上趴着,
眼睛瞪着这位先生,
听了半天啥也没说,
这会儿腾地跳起来,
直奔维列谦尼柯夫,
一把夺下他的铅笔!
"等等,你这空脑壳!
你不要到处去耍贫嘴,
败坏庄稼人的名声!
你可是忌妒我们?
你可是看不惯
庄稼汉苦中作乐?
我们碰上时候猛喝一顿,
可是更多的工夫是干活;
我们当中常见醉汉,
可是清醒的人更多。
你可曾上村子里转过?
咱俩就提上一桶酒,
挨家挨户去走一走:
一家两家会开怀饮,

第三家却一滴不喝,——
我们之中有多少家喝酒,
就有多少家不沾唇!
不喝酒同样受苦情,
倒不如借酒浇愁好,
可这些傻子偏要讲良心……
看到庄户人的灾星
照样落进不喝酒的人家,
真叫人难过又纳闷……
你可曾在农忙时节
到俄国农村去瞧瞧?
哪有人在酒馆里泡?
你看这土地没边没沿,
可是我们的土地薄,
伺候它可不易!
你说说,是谁的手
春天给它穿绿衫,
秋天给它脱黄袍?
你可曾在傍黑时分
见过辛劳一天的庄稼汉?
他收割的粮食堆成山,
可自己只吃了一丁点儿,
就是大力士也没了劲儿,
一根麦秆能把他打倒!
庄稼汉的粮食真正香,
可是我们生就锯子的命:

一辈子干嚼不能咽!
反正肚里没安镜子,——
吃多吃少别抱怨……
干活的时候只有你一个,
等到活刚干完,看哪,
站着三个分红的股东:
上帝、沙皇和老爷!
还有第四个强盗①
比鞑子还凶恶,
他根本不和人分,
独个儿全吞掉!
前几天也有个老爷,
是从莫斯科来的,
像你一样无聊,
一个劲儿地缠着人,
要我们说谚语给他听,
说谜语给他猜,
还记民歌和民谣。
另一个老爷细细问,
问我们一天干多少活,
填肚皮的面包有多少?
第三个到处量田地,
第四个扳着手指头,
挨个儿算村里有几口人。

---

① 指火灾。

可他们却没算算：
每年三伏天
有多少庄稼汉的血汗
被一把火烧掉！……

"俄罗斯人喝酒没有数，——
我们干活有没有数？
谁又计算过我们的苦？
酒把庄稼汉醉倒，——
难道苦命不把他压倒？
难道干活不把他累倒？
庄稼汉不掂灾祸的分量，
不管它天大的灾祸，
也得对付着过。
庄稼汉不掂活计的轻重，
不顾会不会累断筋骨。
难道端起酒碗来，
反倒会提心吊胆，
生怕多喝了会醉倒？
你瞧见醉汉可地爬，
要是觉着不雅观，
那就该请你去看一看，
庄稼汉在泥洼子地里
怎样割青草！
这泥洼子牲口不能过，
空手过人七分险！

但成群结队的庄稼汉哪,
却拖着一筐又一筐
连泥带水的青草,
爬过水草墩,
爬过泥水坑,
肚皮上满是血道道!

"毒日头下干活不戴帽,
汗水、泥浆从头糊到脚,
芦苇割破了皮,
毒蚊叮出了血,
我们那副模样啊,
难道比现在还好看?

"你不要随便可怜别人,
不要用老爷的尺度
来量我们庄稼汉!
我们不是斯文人,
我们干活是一条好汉,
喝酒是好汉一条!……

"每个庄稼汉的心
是黑乎乎一片乌云,
多少怒火,多少恨!
本应当雷火往下劈,
本应当血雨往下淋,

结果,却用酒来浇!
一碗落肚血脉暖,
庄稼汉的好心肠啊,
什么结都解开了。
忧愁烦闷有啥用?
瞧瞧四面,舒开心来笑!
瞧小伙子们,大姑娘们,
跳舞跳得多么欢!
哪怕骨头累得酸疼,
哪怕灵魂受尽折磨,
这股子好汉的志气
我们没丢掉!……"

老汉站在土坎上,
跺跺树皮鞋,
静默了一阵儿。
他高兴地瞧着
笑闹的人群,
又扯起嗓门喊道:
"喂!喝醉的庄稼人!
不戴帽的泥腿子!
尽情笑吧,尽情闹!……"

"老汉,你叫什么名?"

"记小本儿吗?不必了,

记我的名字不值得!
要记你就这样记:
有个光腚亚金,
家住赤脚村,
他扛活扛到活活累死,
他喝酒喝到半死不活!"

庄稼汉们听了哈哈笑,
还把亚金的来历
讲给先生听。

亚金老汉是个穷光蛋,
早年间住在彼得堡,
他愣跟大老板打官司,
结果弄得坐监牢!
他光棍一条回家乡,
再来扶犁耙。
春去秋来三十年,
他顶着炎炎日头,
好比在油锅里炸;
遇到风狂雨急,
他躲在耙底下。
老亚金活一天,
就扶一天犁;
有朝一日死掉了,
也就像犁拐上

掉下了一块土坷垃……

他还有这么个故事:
他给儿子买了几张画,
拿来挂在墙上,
他越看越爱看,
比孩子兴头还要大。
可惜上帝不保佑,
村里起了火。——
老亚金一辈子
攒下了三十五卢布,
本当先拿钱要紧,
可是他却光顾着
去摘那墙上的画!
他老婆这期间
也忙着捧圣像,
说时迟那时快,
茅屋哗啦啦倒塌了,——
瞧,这事干得有多傻!
银卢布化成了大疙瘩,
他拿这疙瘩去换钱,
人家只给十一卢布……
"哟!亚金老兄,
你的画可真不便宜!
在新盖的茅屋里
你又挂起来了吧?"

"挂了,还添了新画哩!"
亚金就说了这一句。

先生端详着这个老农:
胸口凹,肚皮瘪,
眼角和嘴边的皱纹
像干旱的土地裂了缝。
其实这老农本人
就很像大地妈妈:
棕黑色的脖子
像犁铧切开的泥土层,
脸膛像砖头,
双手像树皮,
头发像黄沙。

庄稼汉们见到:
老爷听了亚金的话
并没有生气,
庄稼汉们自己
对亚金也表同意:
"说得是! 咱们喝酒,
也是应当应分的嘛!
喝了酒周身有劲头!
有朝一日不喝了,
愁都会愁煞! ……

只要干活没累倒,
只要苦命没压倒,
咱们喝酒也醉不垮!
对不对?"
　　　"对,上帝慈悲!"
"来,跟我们干一杯!"

弄到了酒大家喝。
维列谦尼柯夫
还给亚金敬了两杯。

"嗯,先生,你没恼,"
亚金对他说,
"倒是个明理的人!
知书明理的人
怎么不懂得庄稼汉?
只有蠢猪一辈子拱泥巴,
不抬头看看天!……"

忽听得一阵歌声起,
又和谐,又豪放。
三十来个小伙子
喝饱了酒没醉倒,
挽着臂膀边走边唱,
歌唱伏尔加母亲河,
歌唱姑娘的美丽,

歌唱青年的勇敢。
整条大路都静了下来,
光听得这支悠扬的歌
四面传开,铺满地面。
仿佛是秋风过处起麦浪,
它唱得庄稼汉们心上
火烧火燎似的,
一阵阵热,一阵阵酸!……

悠扬的歌声勾起了
一个小媳妇儿的心事,
她听着听着哭开了:
"我的一辈子
好比是白天没了太阳,
好比是黑夜没了月亮,
年纪轻轻的我
好比快马拴上了绳索,
好比燕子剪掉了翅膀!
爱吃醋的老丈夫
喝得醉醺醺,
鼾声呼噜噜,
睡着了还要监视我,
睡着了也睁一只眼!"

小媳妇儿哭得可怜,
忽然翻身跳下大车!

"哪里去?"吃醋的丈夫
大喝一声欠起身来,
像拔萝卜似的
一把揪住媳妇的发辫!

啊! 醉的夜,醉的夜呀!
月亮落了,星星亮,
天气不热,春风软!
惹得咱们的出门人哪,
也别是一股滋味在心间!
他们想起了老婆,——
和老婆在一块儿,
今夜该有多快活!
——伊凡嚷嚷:"我想睡,"
玛留莎说:"我陪你!"
伊凡嚷嚷:"铺太窄。"
玛留莎说:"挤一挤!"
伊凡嚷嚷:"好冷啊。"
玛留莎说:"我暖暖你!"
他们想起了这支歌儿,
七个人不约而同
想出了一个好主意:
取出桌布来试试运气。

忽见大路旁边地头上,
孤零零长着棵菩提树

(天晓得干吗长在这儿),
枝繁叶又茂。
出门人树下团团坐,
念念有词道:
"喂,自己开饭的桌布,
招待招待庄稼佬!"

于是桌布铺开了,
不知是从哪儿
现出一双粗壮的手,
捧上了一桶酒,
摆上了一大堆面包,
然后又不见了。

出门人吃了点儿充充饥,
然后留罗芒守酒桶,
其余的都钻进人丛去,
分头寻找幸福的人,——
他们个个都着了急,
想趁早解开这个疙瘩,
趁早回家去……

第四章 幸福的人们

在过节的人群里,
在吵闹的人丛间,
咱们的出门人穿来插去,
提起嗓门儿直吆喝:
"喂!有没有幸福的人?
出来见见面!
要是你活得真幸福,
我们有一桶现成的酒,
请你放开肚皮喝,
喝了不要钱!……"
从古到如今
没听过这种吆喝!
没喝醉的人听了哈哈笑,
喝醉了还没糊涂的,
想朝他们脸上啐唾沫。
可是也有好多人
满心想喝酒不花钱。
等出门人吆喝了一转,
回到菩提树底下,

一大堆人就围了上来。

一个被辞退的小助祭
瘦得像根火柴棍儿,
走上前来耍嘴皮儿,
他说幸福不在于牧场、地产,
不在于金银珠宝,
不在于貂皮狐裘。
"那幸福究竟在哪儿呢?"
"幸福在于无忧无愁!
老爷、贵人、尘世的沙皇,
领地毕竟都有限;
而悟了道的人
却享有基督的乐园!
只要能晒晒太阳,
加上半瓶子烧酒,
我就幸福无边!"
"那烧酒从哪儿来呢?"
"你们方才就答应给……"

"开玩笑!滚你的蛋!……"

又来了一个老婆子,
满脸麻子,眼睛瞎了一只。
她鞠了一躬说:
她过的是好日子,

因为她种的一垄萝卜
长了差不多一千个。
"那萝卜个儿真大,
那萝卜赛过梨!
要知道我的地
长不过丈八,
宽不过二尺!"
大家听了哈哈笑,
一滴酒也没给她喝:
"老婆子,回家去喝吧!
萝卜下酒正合适!"

来了个戴奖章的兵,
有气无力,半死不活,
可还想讨酒喝,
他说道:"我幸福!"

"说吧,老家伙,
说说当兵的幸福吧,
可不要打折扣!"

"第一桩,幸福事,
我打了二十次仗,
一次也没打死!
第二桩,更要紧,
在和平日子里,

我天天半饥不饱,
居然熬到如今!
第三桩,命不错,
不论大小过失都毒打,
我板子挨得多,
可是你们摸摸看,——
这不是还活着!"

"喝吧,喝吧,好老总!
谁也不会和你争,
你的幸福——没话说!"

过来一个年轻的石匠,
宽宽的肩膀,
扛着把大铁锤:
"我过日子不求人,
我跟我娘、我老婆,
一家子不受穷!"

"可你的幸福是什么呢?"
"这就是!"(他抡起铁锤,
像羽毛一样挥动。)
"要是天不亮就起床,
干到半夜才歇工,
我可以凿掉一座山!
不是夸海口:

我有几次砸石头,
一天赚过五块洋钱!"

老八洪掂了掂那柄"幸福",
哼了好几声,
才还给这位好把式:
"真不轻!可是待到老年,
再要耍你这柄'幸福',
是不是也为难?……"

"你可不要夸力气,"
一个瘦弱的汉子喘着说,
(这人害了气喘病,
尖尖的鼻子像死人,
两手瘦得像钉耙,
双腿像是车轮毂,
不像人,倒像只蚊虫!)
"想当年,我是个
不输于你的好石匠,
我也自夸力气大,
瞧,上帝给了我报应!
老奸巨猾的包工头
看我没多长个心眼儿,
他就满口夸奖我,
我还傻乎乎地高兴,
一人干活顶四人!

有一回扛砖头,
我装了一大筐,
正巧这时候,
不知道是什么鬼
把包工头差了过来!
'这算啥呀?'他说,
'难道这就是托罗奋?
壮小伙才扛这么点儿,
难道就不脸红?'
我生气地说:'东家!
要是嫌我扛得少,
请你给加加码!'
得!这混蛋猛给我加!
我等了约莫半点钟,
他装了又装,摞了又摞。
我自己也觉得,
筐子沉得怪吓人,
可是我偏偏不示弱。
我扛起这魔鬼的重担,
一狠劲扛到了二楼上!
包工头看得眼发直,
这混蛋在楼底下直嚷嚷:
'了不得,托罗奋!
你不知道你干了什么:
你一个人扛了
起码十四普特!'

哟,我怎么不知道?——
心跳得像铁锤在胸口敲,
血红的圈圈在眼前晃,
两腿发颤撑不住,
脊梁骨像是喀嚓一响……
打那时起我得了痨伤!……
来,老弟,倒上半茶缸!"

"倒酒?你有啥幸福?——
我们请的是幸福的人,
可你讲的算什么?"

"别忙,幸福在后头!"

"那就快往下说!"

"听着吧。叶落归根,
我像每个庄户人一样,
死也想死在家乡。
我得了痨伤后,
恍恍惚惚,迷迷糊糊,
离开了彼得堡,
搭着火车奔回程。
车厢里,人不少,
净是害热病的工人,
大伙儿和我一样,

都抱着一个心愿:
等回到家里再咽气!
可是就这点儿心愿,
也得看你有没有福气:
那阵儿天气热又闷,
再加上发高烧,
好些人脑袋发了昏,
车厢成了人间地狱。
有的人又哼又叫,
有的像疯子一样,
在地板上乱滚,
有的满口说胡话,
又叫老婆又叫娘,——
挨到下一个小车站,
有几个就得往外扔!
我自己烧得火炭一样,
眼瞧着伙伴暗思量:
我也难逃这样的命!
红圈圈在我眼前晃,
我还老觉得在杀鸡,
(我们兼做鸡生意,
一年宰过上千只鸡。)
这时候想起它们来了,
这些该死的畜生!
我想替自己做祷告,
可它们偏偏缠住我。

你们信不信？——
一大群公鸡
在我眼前乱扑腾！
割断了喉咙血直冒，
可它们还是又啼又叫！
我抄起刀子喊：
'都给我滚！滚！'
大概是上帝关照了，
我才没有喊出声。
我坐在车上硬挺着……
幸亏火热的太阳平了西，
黄昏天气凉爽了，——
对我们这批苦命人，
上帝发了慈悲！
我总算挨到了站，
勉强摸到了自己村。
在家乡，谢谢上帝，
我觉得好轻松……"

"你们泥腿子们
在这儿夸幸福，
岂不是大笑话？"
忽听得有人大声嚷，——
原来是个瘸腿的家奴，
"请酒该请我的酒，
上帝为证：还是我福气大！

在最高贵的老爷
一扫光耶夫公爵跟前,
我是个得宠的奴才,
我老婆是得宠的婢女;
我姑娘跟公爵小姐一起,
学过法国话和别的洋话,
在公爵小姐面前,
也准许她坐下……
哎哟哟!亲爹呀,
痛得像针扎!……"
(他连忙抱住右腿,
用巴掌揉了又揉。)
庄稼汉们哈哈大笑,
家奴一下子恼了,
大声嚷道:"笑什么?
你们这群蠢牛!
我有病!要不要告诉你们,
每天起床和睡觉的时候,
我向上帝祷告什么?——
我祷告的是:'上帝保佑,
保佑我这一身体面的病
可千万别断根,
有这病才是上等人!'
我得的不是喘气病,
不是疝气病,
不是你们的下贱病,

泥腿子们,我得的病,
在俄罗斯帝国
只有第一流人物才能有!
它的名字叫痛——风——病!
要得这种高级病,
先得喝上三十年的
香槟酒、布尔贡酒、
托凯酒跟匈牙利酒……
我整整四十年,
站在一品公爵大人
一扫光耶夫老爷椅子背后,
舔过不知多少
盛法国蘑菇的碟子;
吮过不知多少
杯里残剩的外国酒!……
来,给我一杯!"

　　　　　　"去你娘的!
我们这桶是庄稼佬的酒,
是土酒,不是洋酒,——
不合你口味!"

一个白俄罗斯庄稼佬,
黄头发,罗锅腰,
悄悄儿地挨过来,
向酒桶跟前凑:
"给我也倒一点子,"

他说,"我幸福!"

"嗳,不要忙伸手!
先把你的幸福
给我们讲清楚。"

"我们的幸福是面包:
我在白俄罗斯老家
嚼的是大麦面包,
掺了麦麸和麻秆粉,
吃完了又哼又号叫,
好像老娘儿们生孩子,
浑身抽筋,双手捂着肚。
现而今呢,上帝保佑!
在顾波宁老爷家
给黑麦面包我们吃,
我嚼了又嚼,
老也嚼不够!"

来了个满脸晦气的汉子,
左脸颧骨塌下一块,
眼睛净往右边瞅:
"我是个打狗熊的,
真有福气,真造化!
我的三个伙计
都叫狗熊给收拾了,

就数我命大！"

"好极了。往左边瞅瞅！"

他想尽办法往左瞅，
做出吓死人的怪相，
可还是没成功！——
"一头大母熊
打歪了我的脸！"
"你快再找一头熊，
把右脸伸给它，
叫它右边再来一下，
保险能复原！……"
大伙儿乐了一阵子，
酒还是舀给了他。

一批破衣烂裤的要饭花子，
闻到了烧酒味儿，
也都赶来嚼舌头，
说他们是幸福的人儿：
"我们上小铺里走一走，
掌柜的施舍真痛快；
我们上人家屋里串一串，
人家直送到大门外。
我们一唱讨饭调，
大婶儿连忙迎出来，

捧着一个大面包，
打算用刀切一块。
我们一见高声唱：
要给你就整个儿给，
不要切开，不要弄碎，
你也干脆，我也实惠……"

———————

咱们的出门人心里明白：
烧酒全都白费了，
正巧酒桶也见底了。
"够啦，够啦，够啦！
唉，庄稼汉的幸福哇！
破烂和补丁的幸福，
罗锅和老茧的幸福，
都滚回家去吧！"

有个烟熏村的农民
名叫菲多谢，
坐到七个出门人身边说：
"伙计，我劝你们
去问问叶密尔·吉铃，
要是他也不是幸福的人，
要是他也解不开这疙瘩，
我看你们哪，
就甭再东跑西颠……"

"叶密尔是何许人?
是公爵还是伯爵?"

"不是公爵,不是伯爵,
他是个普通农民!"

"请你说明白点儿!
给我们讲一讲:
叶密尔是何许人?"

"听着:在翁热河上,
叶密尔租过一座磨坊,
磨坊的主人死了,
衙门决定把它拍卖。
叶密尔和好多买主
一齐来到了财务处。
小本钱的主儿
不大一会儿就罢了手,
和叶密尔争着买的
就剩一个老板,
名叫钱如命可夫。
这老板精打细算,
一戈比一戈比往上加;
叶密尔来了火,
一下就加了五卢布!
老板又加一戈比,

两人斗得难分难解：
老板压他一戈比，
他就压老板一卢布！
钱如命可夫到底服了输。
可偏偏又节外生枝：
录事们要叶密尔
马上就交定洋，——
要交价钱的三分之一，
差不多一千卢布。
叶密尔随身没带钱，
也不知是他办事不牢，
还是录事叫人买通了，
总之事儿要砸锅！
钱如命可夫可得意了：
'磨坊还是得归我！'
'不成！'叶密尔说，
他走到主管的面前：
'能不能照顾一下，
宽限我半点钟？'

"'半点钟你能干啥？'

"'我把款子取来！'
'你上哪儿取？别发疯！
再过一点钟就下班了，
回磨坊有三十五俄里呢，

我的好老兄!'

"'等半点钟行不行?'
'哪怕一点钟也行!'

"叶密尔走了,
录事们和老板
交换了一个眼色,
厚着脸皮笑哈哈!
叶密尔一直奔市场
(那天城里正逢集),
站到一辆货车上,
画了个十字,
又向四面鞠了躬,
声如铜钟地喊道:
'列位乡亲,静一静!
听我说句话!'
广场上人山人海,
一眨眼静了下来,
叶密尔就把磨坊的事
一五一十告诉大家:
'大老板钱如命可夫,
早就打磨坊的主意,
可是我也没马虎,
我进城打听了五趟,
都说这次拍卖是预售,

不交现款先议价。
乡亲们都明白:
庄户人倘若没用项,
都不爱掖着银钱走小道儿,
今儿我身边没带一文钱。
猛可里他们变了卦,
马上就要交定洋!
下流坯子搞了鬼,
还厚着脸皮笑话咱:
"你上哪儿去取现款?
一个钟头你能干啥?"
上帝保佑,这笔款子
估摸我还有办法!
录事们权势加诡计,
斗不过众人的势力;
钱如命可夫家财万贯,
比不上众人的家底,——
众人的家底呀,
好比大海里的鱼,
永世也捞不完!
列位乡亲! 上帝为证,
下礼拜五我一准奉还!
买不下磨坊事儿不大,
这口气实在咽不下!
倘若知道我叶密尔,
倘若信得过叶密尔,

你们就帮我一把!……'

"说稀罕也真稀罕:
整个市场上
好像刮过了一阵风,
每个庄户人的左衣襟
忽然一齐掀开来!
庄稼汉人人解腰包,
把银钱交给叶密尔,
倾囊相助多慷慨!
任凭叶密尔能写会算,
哪儿记得过来?
哪儿点得过来?
眨眼的工夫,
装了满满一帽子钱:
银卢布、金大头①
还有破破烂烂的
烧焦揉皱的钞票。
有人给铜钱,
叶密尔也不嫌。——
哟!铜钱当中
还有个露西古钱,
值一百多卢布哩,
他要嫌才怪!

---

① 值五卢布的金币。

"钱已经凑够了数,
可是众人帮忙的劲儿
却是越来越足:
'拿着吧,叶密尔,
我们信得过你!'
叶密尔朝四面八方
对人群行了礼,
揣着满帽子钱,
跨进了拍卖处。
当他把整整一千卢布
哗啷一声桌面上摆,
录事们眼睛发了直,
钱如命可夫的脸色
青得像白菜!……
狼牙变了狐狸尾巴,——
录事们连忙来巴结,
恭喜他发财,
可是叶密尔不是这等人,
他一文钱也不赏他们,
连睬也不睬!

"一个礼拜过去了,
等到逢集的礼拜五,
全城万人空巷,
都挤到市场上来,

看叶密尔还众人钱。
哪儿还记得清每个人?
那天慌慌忙忙,
没立字据,没记账!
可是今天却没纠纷,
叶密尔没有多贴一文。
据他自个儿说,
还剩下了一卢布,
是谁的只有天晓得!
他托着钱袋到处问,
整整找了一天,
也没找到卢布的主人。
直到太阳下了山,
叶密尔才最末一个
离开了市场,
把那个卢布给了瞎子……
瞧,这就是叶密尔·吉铃。"

"真是个奇人!"
七个出门人说,
"我们倒想知道:
一个庄户人在地方上,
凭着什么法术
能如此得人心?"

"不是凭法术,

他凭的是正道。
你们听说过地狱村——
油洛夫公爵的领地吗?"

"听说过,怎么着?"

"话说那儿的总管
本是个宪兵上校,
挂着块宝星勋章,
手下有五六个管事,
我们的叶密尔
就在那儿当文书。

"小伙子只有二十岁,
当个文书做得了什么主?
但是在庄稼汉看来,
文书也算个人物。
遇事儿都爱先找他,
他能出个主意,
他能解答个问题,
只要他办得到,
也总肯帮把手。
他不问人要谢礼,
你给他,他也不收!
庄稼汉勒索庄稼汉,
这等邪事儿

有良心的人做不出。

"这样过了五年整,
全村人都看清了
叶密尔的人品。
这时叶密尔被免了职,
人人都舍不得他;
对新任的赃官
更是看不惯。
可是又有啥办法?
慢慢儿地就惯了!
新文书又奸又猾,
写一行字要一戈比,
答一句话要两戈比。
他本是个教堂油子,
上帝也帮他!

"可是上帝让他掌权
日子也不长。——
老公爵过了世,
小公爵回家来,
撵走了那个上校,
撵走了他的管事,
把管事处撵了个光,
然后吩咐我们

选一名村正。①
我们没有多琢磨,
全领地的六千魂灵
异口同声喊道:
'叶密尔·吉铃!'
叶密尔被召去见老爷,
老爷和他谈了谈,
就在阳台上宣布道:
'好吧,兄弟们!
就依你们的心愿,
我以公爵的印章
批准你们提的名。
这是个机灵的农民,
能写也会算,
可就是有一条:
是不是嫌年轻?……'

"我们说:'老爷,不碍事儿!
他年轻,可是聪明!'
于是叶密尔管起了
公爵的整个领地,
管得可真有两下子!
七年间,众人的钱

---

① 俄国农村中的村正是地主任命的,执行地主命令。一八六一年"改革"后,改为由村社推选。村正通常由富农担任,其职责是督促农民交纳赋税,服劳役和兵役,负责保安等。

他没有贪过一戈比,
他没有罚过无罪的人,
也没有放过有罪的人,
从没有昧良心……"

"且慢!你说谎!"
有个花白头发的神父
责备说故事的人,
"犁耙本来走得直,
碰在一块石头上,
突然一下拐了弯儿!
要唱歌就别漏掉字,
要讲就原原本本讲,
要不然,你岂不是
给外路人编故事?
我认识叶密尔……"

"莫非我不认识他?
我和他本是一个乡,
属于一个老爷,
后来才把我们
卖到别人名下……"

"既然你认识叶密尔,
就该认识他兄弟米特里,
老弟,想想吧。"

说故事的想了想,
停了一会儿才说:
"我说错了。走了嘴,
多说了一句话!
是有这么回事,
叶密尔也昧过良心:
抽壮丁的时候,
他包庇他兄弟米特里
没有叫他去当兵。
我们都没作声,
这有啥可说的?
就是老爷本人
也不会叫村正的兄弟
剃了光头去当兵,
只有符拉谢芙娜
为她儿子哭哭啼啼,
说是:'不该轮到我们!'
本来任她哭闹一场,
也就完事了,
可是叶密尔怎么着?
待到征完了兵,
他又发愁,又发闷,
不肯吃,不肯喝,
折腾到末了儿,
他爹在棚子里撞见他

手拿一根绳。
这时他对爹承认了:
'自从把符拉谢芙娜的儿子
提前抽了壮丁,
我活在世上都嫌堵心!'
说着,脑袋就往绳套里钻。
他爹和兄弟死劝活劝,
他一口咬住:'我有罪!
捆上我的手吧,
送我去受审!'
为了防他再寻短见,
他爹只得捆了他,
还派了人看管。

"村社开会,一片闹哄哄,
从来没见过这等奇事,
没断过这种公案。
叶密尔家里的人
都央告我们——
不是求我们从宽发落,
而是要求严办叶密尔,
把当了兵的儿子
还给符拉谢芙娜,
不然,叶密尔还会寻短见,
看也看不住他!
叶密尔自己也来了,

他面黄肌瘦，
双手拴着麻绳，
赤脚套着木枷。
他说道:'从前,
我凭良心审过你们,
如今我比你们更有罪,
你们审我吧!'
说罢鞠躬到地面,
画着十字,长吁短叹,
不折不扣是个疯子。
在符拉谢芙娜面前
他突然间双膝跪倒,
叫人看了真可怜!
后来一切都弄妥了,
有权有势的老爷
处处都有门路:
要回了符拉谢芙娜的儿子,
把米特里送去顶名额。
传说米特里在兵营
也不算太遭罪,——
公爵亲自托了朋友。
为了叶密尔的罪过,
我们课了他罚金,
罚金大部分给了新兵,
小部分给了符拉谢芙娜,
剩下的给全村打了酒……

"可是这事儿过后,
叶密尔还没恢复元气,
整整一年光景
他老是痴痴呆呆的。
不管全村怎样挽留,
他还是辞了职,
租下了那座磨坊,
从此众人对他
感情越来越厚:
他替人磨粉价钱公道,
也不叫人久等候,——
不论是管家、总管,
是有钱的地主
还是穷光蛋,
都按顺序,排先后,
规矩严着哩!
我自己有好些年头
没到过那个省,
可是常闻叶密尔的名,
众人对他赞不绝口。
你们去找他吧……"

"你们去也是白跑一趟,"
方才已经争过嘴的
那位白发神父说,

"我认识叶密尔·吉铃,
前五年我到过那个省,
(我一辈子到过很多地方,
因为我们至圣的主教
爱调动神父的工作。)……
我和叶密尔·吉铃
恰巧是邻居。不错,
这个农民确实举世无双!
他有着幸福的一切条件:
安宁、财富和名望,——
民众真心尊敬他,
这种名望令人称羡:
不靠钱买,不靠威慑,
靠的是为人正直、
聪明和善良!
可就是,我再说一遍:
你们去也是白跑,
他已经下了监牢……"

"怎么回事?"
　　　　　"上帝的旨意!
你们有谁听说过,
惊慌失措省,
憋住呼吸县,
打愣儿村的地主,
名叫削皮科夫的,

他的农奴起了暴动？
报纸上登火灾消息，
常说是'起因不明'，
这次也一样：
不论是中央政府，
是县警察局长，
还是打楞儿村本地人
直到如今也没弄清
暴动是怎么起的头；
可是结果却够呛。
上头调了军队来弹压，
沙皇派来的钦差
亲自对百姓训话。
他一会儿破口大骂，
高高地耸起了
戴肩章的双肩；
一会儿又甜言蜜语，
说上两句好话。
可是骂人没有屁用，
好话又听不懂：
'信正教的农民！
母亲——俄罗斯！
父亲——是沙皇！'
再没有别的词儿！
他穷对付了半日，
到最后束手无策，

正想向兵士下令'开枪!'
恰巧乡里的录事
想出一个好主张,
他向钦差推荐了
叶密尔·吉铃:
'民众相信他,
准会听他的话……'
'带叶密尔,快!'
…………
…………"

———————

"哎哟!饶饶吧!"
冷不防一声怪叫
打断了神父的话,
大伙儿忙去瞧,
只见有人在土坎边
揍一个喝醉的家奴,——
偷东西叫人逮住了!
逮住了小偷就地审,
法官凑齐了三十来个,
判决立即就执行,
每人抽他一藤条!
这家奴平地往起一跳,
啪哒啪哒着烂皮靴,
跑得好像一头野兔!
"瞧,跑得倒怪利索!"——

咱们的出门人笑呵呵,
认得这个吹牛的家奴,
他刚才还夸口说,
自己得了一种稀罕病,
只为洋酒喝得太多。
"真是一副好腿脚!
他那一身体面病
这一下子药到病除!"

———————

"喂!神父,别忙走!
你倒把故事说完呀,
说说打愣儿村
地主削皮科夫领地里,
农奴暴动结果如何?"

"该回家了,老乡们。
上帝保佑我们再相见,
那时我准给你们
把故事说完!"

———————

东方快发白了,
人群慢慢儿散了,
七个庄稼汉也困了。
忽听得铃声叮当响,
一辆三套马车
飞快地奔过来,

马车上晃晃悠悠地
坐着一位胖地主，
挺着个大肚皮，
叼着支雪茄烟，
撅着两撇小胡。
七个庄稼汉
连忙跑上大路，
摘下了帽子，
深深地鞠了一躬，
做一字儿排开，
把带铃铛的马车
迎头拦住……

第五章 地 主

车上坐的是附近的地主,
格夫利乐·饭桶耶夫。
这位地主满面红光,
身材又矮又壮,
六十来岁年纪;
长长的两撇花白胡子,
胸前饰着丝绳的外套,
宽大的裤子,
势派儿可真神气。
格夫利乐·饭桶耶夫
一见有七条大汉
站在马车前面,
吓出了一身汗。
他慌忙掏出手枪
(这支枪像他一样,
也是又粗又短),
把六管枪筒子
瞄准了庄稼汉:
"谁也不准动!

强盗!土匪!
一动我就开枪!……"
庄稼汉们哈哈大笑:
"我们哪儿是土匪?
瞧,我们没刀没斧,
也没有铁叉木棒!"
"那你们是谁?
你们要干什么?"

"我们心里有个疙瘩,
一桩心事大得很,
弄得我们忘了吃喝,
弄得我们扔下农活,
离开了家乡出远门。
你要是肯答应,
对我们老粗的话,
不取笑,不卖关子,
讲道理,说实话,
一五一十回答我们,
那我们才把这桩心事
告诉给你听……"

"请吧,我答应你们,——
请相信贵族的话!"
"别说贵族的话,
要说基督徒的话!

贵族的话凶又狠，
夹着拳头和巴掌，
我们听那个有屁用！"

"嚄！真是新闻！
也罢，就依你们。
你们有什么心事呢？"
"收起手枪，听着吧！
我们不是拦路打劫，
我们是老实的庄户人，
都是暂时义务农，
来自勒紧裤带省，
一贫如洗乡，
各人来自各的村庄：
不饱村、空肚村、
补丁村、破烂儿村、
焦土村、挨饿村，
还有一个灾荒庄。
我们在大路上
凑巧碰到了一块儿。
碰到一块儿，争了起来：
谁在俄罗斯能过好日子，
过得幸福又舒畅？
罗芒说：'地主。'
杰勉说：'官吏。'
鲁卡说：'神父。'

顾丙家两兄弟——
伊凡和米特罗多
说是:'大肚子富商。'
八洪老爹说是:
'官封一品的大公爵——
当今朝中的大臣。'
蒲洛夫却说:'沙皇!'……

"庄稼汉都是牛性子,
怪念头钻进了脑袋,
用棍子也敲不出来!
争了半天,谁也不让!
争来争去吵起来了,
吵来吵去打起来了,
打完一架定下主意:
七个人从此不分开,
再不回各人的家,
不见自己的老婆,
不见幼小的儿女,
不见年老的爹娘。
直到把犯争吵的事
寻访出一个结果,
直到一点儿不含糊
确确实实闹清楚:
谁在俄罗斯能过好日子,
过得快活又舒畅?

"地主的日子美不美?
你是不是舒畅又幸福?
请你凭着良心,
对我们讲一讲。"

格夫利乐·饭桶耶夫
从马车上蹦了下来,
走到庄稼汉们面前,
先像医生那样
号了号他们的脉,
观了观他们的气色,
然后双手叉腰,
放声大笑起来:
"哈哈!哈哈!哈哈!"
地主响亮的笑声
在清晨的空气里
向四外传开……

地主纵情大笑够了,
脸上回过一股苦味儿,
他说:"戴上帽子,
坐下谈吧,先生们!"

"我们算不上什么先生,
在您老爷面前,

站站就行了……"

"不成不成!
请坐吧,公民们!"
庄稼汉们固执了一阵,
到底推辞不了,
才在土坎上坐了。

"允许我也坐下吧?
普落什卡! 倒杯酒来,
铺上毛毯和靠垫!"

地主在毛毯上坐好,
喝了一杯白葡萄酒,
然后才开始谈:

"我给了你们诺言,
凭良心回答你们,
这可真是难题!
尽管你们是可敬的人,
可又是无知识的人,
叫我怎么对你们谈?
首先,对'地主'和'贵族'
这个称呼的意义,
你们应该弄清楚。
你们说说,伙计们,

有没有听说过
什么叫做家谱树?"
庄稼汉们说:"树林子
又不禁止我们进去,
什么树我们都见过!"
"牛头不对马嘴!……
再给你们说明白点儿:
我出自名门望族,
我的祖宗老饭桶
两个半世纪以前
就第一次记载在
古代的俄国文书上。
那件文书上写着:
'赐予鞑靼人饭桶耶夫
呢料一块,价值两卢布,
因为他耍狐狸和狼,
使皇后心中喜悦;
又在沙皇做寿时,
叫他的狗熊和野熊斗,
结果野熊撒了泼,
饭桶耶夫被抓伤……'
懂了吧,伙计们?"
"这有什么不懂的?
这种耍熊的流氓
今儿个也有的是,
游手好闲到处逛。"

"嘿！你们一开口，
就扯得不贴边儿！
住嘴！不如好好听我讲：
给皇后耍过熊的
那个饭桶耶夫，
就是我家的老根儿，
论年头，刚才我说过，
已经有两百年以上。
我母家的老祖宗，
资格还要老，
另外一件文书写着：
'柴柄公爵和鹅小夫
合谋火烧莫斯科，
企图抢劫国库，
二人均被斩首。'
发生这件事到今天，
差不离儿满了三百年。
伙计们，想一想，
贵族之家的家谱树
老根儿有多长！"

庄稼汉们说：
"那么你本人，想必是
这棵树上的小苹果咯？"

"就算小苹果吧!
我同意!看模样,
你们总算开了窍。
现在,你们该知道,
贵族之树越古老,
这家人就越有名望。
善良的人们,对不对?"

"对!"出门人回答道,
"白骨头,黑骨头,
一瞧就是两路人,
对他的礼数也两样!"

"不错不错,还真懂了!
伙计们,想当年,
我们到处受尊敬,
日子过得呀,
好比在基督怀抱里。
不仅是俄罗斯的人,
就是俄罗斯的大自然
也服从我们的旨意。
我在自己土地上
独一无二,至高无上,
就像是天上的太阳。
朝四外望去,
是我的恭顺的村庄,

是我的茂盛的树林,
是我的田和地!
我走过村庄,
农奴们匍匐行礼;
我走过树林,
一排排百年老树
也对我鞠躬如仪!
我走过田野,
望不到边的金黄麦穗
都匍匐在主人脚下,
沙沙响着讨我欢喜!
小河里鱼儿泼剌一声,——
'长吧,长吧,
给我长得肥又美!'
草地里野兔悄悄蹿过,——
'跳吧,跳吧,
让你快活到秋天!'
万物都在娱乐主人,
就连每棵小草儿
也脉脉含情地说:
'我属于你!'

"山坡上一座白房——
立着上帝的教堂,
那是俄罗斯的骄傲,
是俄罗斯的美!

可是贵族的宅第
也敢和它比一比:
有楼房,有温室,
中国式的亭子,
英国式的花园,
屋顶上锦旗招展,
殷勤地招呼客人:
俄罗斯式的盛情美意
在这儿等着你。
法国人做梦也想不到
我们这样盛大的酒宴,——
一摆不是一两天,
而是整个月不断!
自己的肥火鸡,
自己的果子酒,
自己的戏子和乐队,
仆人足足有一个团!

"想当年我家里
有五名厨师、
一名面包师、
两名铁匠、
一名裱糊匠、
十七名音乐师、
二十二名猎夫……
嚆!我的天!……"

地主越说越伤心，
把脸埋在靠垫里，
等到缓过了这口气，
才欠起身来喊：
"呃，普落什卡！"
仆人一听老爷喊，
马上斟上一杯酒，
饭桶耶夫喝了，
才接着往下谈：
"俄罗斯母亲！
想当年，每到深秋，
你的树林里
就响起了嘹亮的
猎人的号角。
树林里叶落纷纷，
本已经一片萧条，
这一下子又复活了！
地主和猎夫、猎犬
守候在树林边；
轰野兽的领狗人
在林中拼命吼叫，
追兽犬吠成一片声。①

---

① 猎犬和追兽犬分工不同。猎犬动作敏捷；追兽犬则耐劳而善吠，专门在林中寻找踪迹和追赶野兽。追兽犬吠成一片声，是发现了猎物的表示。当野兽被赶出树林后，守候在林外的猎人便纵猎犬捕捉。

听!号角在声声召唤,
听!吠声集中到一处了!
敢情是发现了好野物?……
追上它,别放跑!——
嚄!好一头黑褐色的
毛茸茸的大狐狸
飞也似的蹿出树林,
大尾巴两边扫!
精明的猎犬来了劲儿,
紧贴地皮埋伏着,
紧张得全身都发颤:
久等的客人,你来吧!
离树棵子远着点,
往我们这边靠!
时机到了!上!
我的马别出丑!
狗儿们别丢人!
这回看你们的了!
追!追!……抓——住!……"
格夫利乐·饭桶耶夫
从波斯毯上直蹦起来,
挥着手又跳又叫!
幻觉中,他仿佛看见
狐狸在他面前跑……

庄稼汉们听着不吱声,

瞧着觉得怪可乐,
胡子底下暗暗笑……

"唉,犬猎啊犬猎!
地主可以忘掉一切,
可是这自古以来的
俄罗斯的娱乐啊,
永生永世也忘不掉!
我们不是自怜自叹,
我们可怜的是你,
俄罗斯母亲哪,
随同犬猎一起,
你丧失了骑士的
英武雄壮的风貌!
想当年,每逢秋高气爽,
在遥远的猎场上
会凑齐四五十个地主,
每个地主都带着
十来个骑马的领狗人,
一百来条追兽犬;
每个地主都带着
自己的厨师,
一大车食料。
我们一出发浩浩荡荡,
歌声入云霄,——
哪怕你开来个骑兵师,

也赶不上这么热闹!
时光像鹰隼般飞着,
地主的胸膛啊,
呼吸得多么舒畅。
那贵族的黄金时代呀,
那古俄罗斯的秩序呀,
多么令人心驰神往!
我说出一句话,
谁也不敢违抗,
我爱饶就饶,
我爱杀就杀。
我的意志就是法律!
我的拳头就是警察!
一拳叫你眼冒金光,
一拳叫你牙齿粉碎,
一拳叫你颧骨搬家!……"
地主的话冷不丁刹住,
好像琴弦突然绷断。
他垂着头,灰沉着脸,
又喊道:"普落什卡!"
一口吞下一杯酒,
才换了副温和的声音:
"你们自己也明白,
不严一些实在不行。
其实我惩罚农奴,
也是出自爱护。

如今伟大的锁链断了,
我们不再打农夫,
但是也不再给他
慈父般的关心。
不错,我有时很严厉,
可是更多的时候,
是用仁慈来吸引人心。

"每逢复活节,
对领地中的每个人
我都亲自祝贺,接吻!
客厅里摆开大桌子,
桌上满是彩蛋、甜面包、
复活节的奶渣糕!
我的夫人和老太太、
少爷们,甚至于小姐们,
都不嫌肮脏,
和最下贱的农奴接吻。
'耶稣复活了!'
'实实在在地复活了!'
农奴们开了斋,
烧酒、啤酒开怀饮……

"一年十二个大节①,

---

① 东正教有十二个大节日。

每个节日的前夕,
我都请神父在客厅里
彻夜祷告谢主恩。
尽管这是家庭祈祷,
也让农奴们来参加,
只要你情愿,
磕破头都行!
只是那股味儿太难闻,
只好在祈祷完了后,
把村里的娘儿们
赶来擦地板!
可是我这样一来,
却保证了灵魂纯净无瑕,
保证了精神亲如一家!
善良的人们,对不对?"

"对!"出门人回答道,
一面心里暗思忖:
"到老爷家里做祷告?
要不是用棍子赶去的,
我们才不信!……"

"一点儿也不夸口,
我的农奴真爱我!
在我的领地黑咕隆咚村,
农奴们爱打零工,

他们嫌家里闷得慌,
每年一开春,
就请求出门去干活①……
我们在家盼秋天,
就连我太太和小孩
也猜个不休,争个没完:
'农奴们这趟回来,
会捎什么礼物给你?
送什么礼物给我?'
真的,除了服劳役②,
除了布匹、蛋类、鸡鸭鹅,
这些农奴自古以来
要交给地主的东西外,
农奴们还完全自愿
给我们送礼物!③
从基辅带回果子酱,
从阿斯特拉罕带回咸鱼,
富裕点儿的还带绸缎,——
吻吻太太的手
双手捧上一个包裹!
送给孩子们的
是玩具和糖果;

① 许多农奴为了交纳高额的代役租,不得不到城市做工。
② 农奴在地主土地上(或庄园中)进行的强迫劳动。
③ 俄国农奴除劳役租和代役租(货币地租)外,还要缴纳名目繁多的实物地租。

为我这个老酒徒
从彼得堡带酒来,——
这些挨刀的,倒也识货,
不买罗圈腿果夫的酒,
专门跑到法国酒店!
我就请他们喝一顿,
像兄弟一样谈谈天,
我的太太亲自动手,
给每人斟上一杯酒。
孩子们吮着蜜糖饼,
听农奴们闲来讲故事:
讲他们营生多艰难,
讲讲天南和地北,
讲讲彼得堡和阿斯特拉罕,
讲讲基辅和喀山……

"瞧瞧,善良的人们,
我在领地上过的
难道不是好日子?……"
"不错,从前的地主
日子过得真美气,
活得不想死!"

"一切都过去了!
一切都完了!……
听,敲响了丧钟!……"

七个出门人侧耳听,
真的,清晨的空气里,
从苦哥儿镇
传来了唑唑钟声,
听了叫人喘不过气。
出门人喃喃祈祷着:
"安息吧,庄稼汉,
愿你升天国!"
说罢一齐画了十字……

饭桶耶夫摘下帽子,
也虔诚地画了十字:
"这不是为农夫敲丧钟!
是为地主的生活敲丧钟!……
别了,永别了,
自由自在的好日子!
别了,地主的俄罗斯!
现在这片国土哇,
哪里是俄罗斯?……
呃,普落什卡!"
他喝干了一杯酒,
吹了一声口哨……

"不幸的故乡啊,
看到你变成这副模样,

叫人怎能不伤情!
高贵的上层阶级
仿佛都藏了起来,
仿佛死了个干净!
不论你走到哪儿,
碰到的都是税吏、
醉醺醺的农夫、
被押解的波兰人①
和愚蠢的调停吏②,
有时还开过一队兵。——
一猜就能猜着:
准是哪个村子里,
因为感恩到了极点,
农民又起了暴动!……
想当年,沿路奔驰的
是弹簧马车、三套马车、
六套马的法国轿车,
真个是车水马龙!
地主全家车上坐——
端庄的夫人,
姣美的小姐,
活泼的小少爷!

---

① 一八六三年初波兰发生大规模起义,在沙皇政府镇压下,起义失败,大批起义者被流放到西伯利亚。
② 俄国"农奴制改革"时,在地方贵族中任命了调停吏,其职责是促成农民和地主订立赎地契约,并有控制村社的权力。

车铃欢乐地唱,
马铃轻轻地鸣,
叫人越听越爱听!
可是如今呢,
上哪儿去解闷儿?
只要走一步路,
就会遇到一幅
令人恼恨的画图!
走近地主庄园门,
一股凉气往脸上扑:
像个大坟墓!
上帝呀!美丽的宅第
拆成了砖头瓦块,
砖头又撂成了圆柱!
地主广阔的花园
苦心侍弄了几百年,
也全挨了农夫的板斧!
农夫还越看越欣赏:
这一堆劈柴可真多!
农夫的心肠比铁硬,
他哪里肯想想:
他砍倒的这棵橡树,
原是我祖父亲手栽;
在那棵山梨树下,
我的活泼的孩子
加涅奇卡和维乐奇卡

曾和我捉迷藏玩；
在这棵菩提树下，
我的妻曾对我吐露：
她已经怀了孩子——
我们的长子格夫留沙，
又把她那娇艳的
樱桃般羞红的脸
藏在我胸前……
农夫哪里懂得这些？
他只图点儿小便宜，
就称心快意地
毁了地主的庄园！
如今驱车过村庄，
简直感到太丢人：
农夫坐着理都不理，
哪儿还有地主的威势？
我只有一股恶气！
树林里听不见号角响，
只听得盗贼的斧子在劈！
简直是无法无天！……
可是我有什么法子？
还有谁替我看树林？① ……
田地耕得一点不细，

---

① 一八六一年"农奴制改革"时，树林照例都不包括在农民的份地之中，仍为地主所有。

种子撒得稀稀拉拉,
哪儿还有一点规矩?
俄罗斯母亲哪!
我们不是自怜自叹,
我们可怜的是你。
你像一个忧伤的寡妇,
发辫散乱了,
脸也没有洗!……

"地主庄园不见了,
代之而兴起的
是林立的小酒馆!
农夫喝得醉醺醺,
农夫参加自治会①,
农夫还学文化哩,——
他们识字有屁用!
俄罗斯母亲!你身上啊,
像犯人脸上刺的字,
像马匹身上烙的印,
到处都是这一行字:
'欢迎零饮外卖'。
要学会认这块招牌,
哪儿用得着教农夫

---

① 一八六四年,沙皇政府设立了毫无实权的"地方自治"机构,其中有少数农民代表。

学习高深的俄文?……

"土地倒还属于我们……
可是地主的土地,
不再是我们的亲娘,
而是我们的后母!……
无聊文人对我们喊叫:
'谁叫你们榨干了
哺育你们的土地?'
可是,谁又能预料到
像这样的事情?
唉,这批说教家!
他们一个劲儿吵吵:
'你们作威作福够了!
醉生梦死的地主,醒醒!
快起来!学习,劳动!……'

"劳动!——异想天开,
对我们来说教!
我不是穿草鞋的泥腿子,
感谢上帝的恩典,——
我是俄罗斯贵族!
俄国和番邦不同,
我们世世代代
培养了高傲的脾气,
陶冶了文雅的性情!

我们高贵的上层阶级
从来就不学劳动。
即便芝麻大的官儿,
也决不动手擦地板,
也决不亲自生火炉……
告诉你们,不吹牛:
差不多四十年来,
我一直在农村住,
可是黑麦和大麦
我还分不出。
他们倒来教训我,
叫我去劳动!

"如果我们对自己的天职
确实是认识错了,
如果我们的天职
不是享有别人的劳动,
不是以打猎、宴饮
和穷奢极欲的豪华,
来显示贵族的尊严,
维持古老的门风,——
那就早该告诉我们……
我学过什么手艺?
我在什么环境里长成?
我光知道吃喝游乐,
我身为沙皇的御仆,

恣意挥霍人民的财富,
还准备一辈子这样过……
谁能料到……
主持正义的上帝呀!……"

地主说罢号啕痛哭……

善良的庄稼汉们
心里思量起自己,
也禁不住一阵心酸:
"一条大铁链扯断了,
猛地向两边绷开:
一头打中了老爷,
另一头打中了庄稼汉!……"

农　妇

开 篇

"不能老在男人中间
寻找幸福的人,
咱们得访访女人!"
七个出门人打定主意,
就到处找女人打听。
一日来到光腚村,
人家满有把握地说:
"这儿没有幸福的女人,
立锥村倒是有一个,——
这女人结实得像母牛,
又明理,又好心,
哪个女人也比不过她。
你们去访访玛特辽娜·
吉莫菲芙娜·柯察金娜,
人家管她叫'省长夫人'哩。"

没多犹豫,就动了身。
麦穗儿已经成熟了,
麦秆像小柱子那么粗,

顶着金灿灿的柱头,
若有所思地柔声絮语。
黄金的季节啊!
还有哪个季节
像你这样令人心醉,
像你这样富丽堂皇?
"好丰饶的麦地呀!
不看见简直难想象:
庄稼汉下了多少力,
庄稼汉受了多少累,
你今天才披上了
这一身沉甸甸的麦穗,
挺立在庄稼人面前,
好像三军面对着沙皇!
滋润你的不是露水,
而是庄稼汉的汗水!……"

咱们的出门人乐滋滋地
走过黑麦地、大麦地,
又走过小麦地。
小麦不讨他们喜欢:
小麦哟,你太对不起农人,
你长着势利眼,
只供少数人享用!
可是庄稼人对黑麦
却越看越心爱,

因为它养活一切人。

"亚麻今年也长得挺茂……
哟！可怜的小鸟儿！
出不来了！"罗芒说着，
轻轻地分开麻棵，
放出一只小百灵，
吻了一吻："飞吧！"
小鸟儿鼓翅飞去，
庄稼汉们怜爱地
瞧着它飞升，飞升……

瞧，豌豆熟了！
大伙见了都往上凑，
馋得像一群蝗虫。
豌豆好比漂亮姑娘，
谁见了都想拧一把！
不论是老头还是小孩，
怀里都揣着豌豆，
豌豆撒了满市街！

瓜瓜菜菜也熟了，
孩子抓着萝卜四处窜，
好多人嗑着葵花子儿，
娘儿们在地里拔甜菜，
这甜菜头好大的个儿！

躺在地垄上，
像煞一只只红皮靴。

不知走了多少时间，
不知走了多少地面，
终于到了立锥村。
这幅景象可真寒碜：
家家茅屋都撑着柱子，
好像要饭的拄着拐杖；
茅屋顶上的麦秸
都抽来喂了牲口，
破破烂烂的茅屋
光剩下一副骨头，
恰像那寒鸦的窝，
在凄风苦雨的深秋，
小鸦已离窝而去，
而路边呼啸的风
已把树叶撕光……
庄户人全下了地。
咱们的出门人
发现村后山坡上
有座地主庄园，
便上那儿去看看。

高大的楼房，
宽敞的庭院，

院子当中还有个
柳树环绕的小池塘。
一座高出屋顶的塔,
塔上竖着尖顶,
周围绕着回廊。

大门口撞见一个家奴,
身披一件怪斗篷:
"找谁?有什么事?
地主老爷出了洋,
总管先生病得要死!……"
说罢回转身就走,
这一下可逗乐了出门人:
原来这个家奴背上
画着一只大狮子!
"别致的玩意儿!"
他们争吵了半日:
这算是什么打扮?
末了有点心眼的老八洪
总算猜透了这个谜:
"这个奴才挺精明,
他偷了一条地毯,
中间挖了个窟窿,
脑袋往里一套,
就这样游来逛去!……"

正像人们在冬天
为了冻死屋里的蟑螂,
熄掉了火炉的时候,
蟑螂惶惶然四处乱爬,——
在这所大庄园里,
被老爷抛弃了的
听天由命的家奴们,①
也惶惶然爬来爬去。
他们净是些老弱病残,
早已断了顿,饿着肚子,
穿的衣服五花八门,
跟吉卜赛人差不离。
池塘边有五六个人
正在用拉网捕鱼。

"上帝保佑!捕得多吗?"

"统共捞到一条小鲫鱼!
从前鱼儿成百成千,
都叫我们捞光了,
如今只好干瞪眼!"

"哪怕捞到五条也好!"
一个怀着孩子的

---

① 俄国"解放"农奴时,地主家中的家奴没有获得份地,无以为生。

脸色苍白的妇人说,
她正在池塘边
憋足劲儿吹火。

"我那巧嫂子!"
七个庄稼汉问,
"你烧的莫不是
阳台上的花栏杆?"

"是花栏杆!"
　　　　　　"干透了,
着得真快!别吹啦!
不等捞到鱼下锅,
你的栏杆就会烧完!"

"等得人好心焦哇!
小米嘉光吃陈面包干,
黄皮寡瘦可怜见!
唉,这过的是什么日子啊!"

她一边说一边抚摸着
一个翘鼻子的小男孩儿
(小家伙光着屁股,
坐在锈铁盆里玩儿)。

蒲洛夫一瞧连忙说:

"怎么叫他坐铁盆里？
小心别冻着了！"
说着就去抱小家伙。
孩子哇一声哭了，
他娘嚷起来："别动他！
没看见他在坐车吗？
驾，驾！快跑！——
这是他的小马车！……"

庄稼汉们每走一步，
就撞上一件离奇事，
到处人们在干的
都是稀奇古怪的活儿：
有个家奴满头大汗，
正在往下拧铜门把；
另一个扛着一摞瓷砖，
塘边的渔夫招呼他：
"叶戈尔，挖得不少了吧？"
孩子们在花园里摇苹果：
"叔叔，剩不多啦！
从前苹果长满树，
现在只有树梢上
还剩三两个！"

"这么青的，要来干吗？"

"青苹果也算是好货!"

在花园里转游了半天,
"地主的玩意儿可真多!
有山有谷有池塘……
从前敢情养着天鹅……
等等!这亭子上还有题词!……"
杰勉识得几个字,
结结巴巴地念了一遍。

出门人一听哈哈笑:
"真是胡念一气!"
杰勉又念了一遍,
还是那个老样。
(费好大劲儿才弄明白:
题词被人改过了,
最尊严的一个词儿里
抹掉了两三个字母,
弄得怪窝囊!)

有个白头发的老家奴
瞅见庄稼汉在认字儿,
连忙送来一本书:
"买本书吧!"可是,
杰勉累得汗珠直冒,
也读不通奥妙的书名:

"你留着自己读去吧,
坐在树下椅子上读,
装个地主相!"

"呸!也算识字的人!"
老家奴懊丧地嘟囔,
"你们根本不配读
这种高深的书!
只要认得酒店招牌,
还认得木牌上的
'禁止'这两个大字,
就满够你们用!……"

"这小路脏得真丢人!
漂亮的石头娘儿们
鼻子都给敲掉了!
水果摘了个干净,
天鹅都没了影,——
全叫家奴们吞下了肚!
花园没了地主,
就像田地没了庄稼汉,
教堂没了神父!"——
庄稼汉们这样判断:
"这位地主盖房子,
倒盖得挺结实,
眼光看得怪远,

偏偏没看到有今天!……"
(六个庄稼汉哈哈笑,
唯独罗芒不敢抬头。)
忽听得洪亮的歌声
从高处传来,
庄稼汉们抬头一瞧,
只见高塔的回廊上
有个人穿着神父袍子,
一边踱步一边唱!
在傍晚的空气里
声如雷鸣的男低音
银钟般震响……
歌声紧紧抓住了
七个出门人的心,——
尽管不是俄国词儿,
却像俄国歌一样,
充满了没边没岸
没有底的悲伤,
像一条眼泪河
浩浩荡荡地流淌……
"喂,我那巧嫂子!
唱歌的是什么人?"
罗芒问那个妇人
(她已经喂米嘉
喝了碗热鱼汤)。

"是个小俄罗斯①的歌手,
老爷把他骗来的。
老爷答应带他去意大利,
结果自己跑没了影……
他上意大利去干吗?
要能回到科诺托普,
他就谢天谢地,
这儿没有他的营生。——
狗地主扔下房子不管,"
(妇人越说越有气。)
"在这儿谁还有活干?
他除了嗓子啥也没有,
成了个没脚蟹……"

"嗓子可真是好嗓子!"

"你们要待到明儿早上,
那才有好听的呢!
离此地三俄里,
有个教堂助祭,
嗓门儿也挺大,
他俩想了个名堂:
每天太阳一露红,
就互相问早安。

---

① 沙皇俄国称乌克兰为小俄罗斯。

我们这位登上塔,
放开了嗓门儿:
'以——巴特——神——父,
你——过得——好——吗?'
震得玻璃窗嗡嗡响!
那一位老远地回答他:
'夜——莺儿——你——好!
来——喝杯——酒——吧!'
'来——了——!'
这一声'来了'在空中
足足回响了一点钟!
真是一对公马!"

牲口都赶回来了,
路上扬起一阵灰尘,
还闻到一股牛奶香。
米嘉的妈叹了口气:
"唉!没有一头奶牛
走进老爷庄园的门!……"
"听!村口歌声响了,
可怜的嫂子,再见了!
我们要去接割麦的人。"

七个出门人舒了口气:
离开了抱怨诉苦的家奴,
遇到这群健壮的男女

割罢麦唱着歌回家,
瞧着有多么美!
姑娘们把一切都美化了,——
人群中有了漂亮姑娘,
好比麦田里有了野菊花!

"你们好!哪一位是
玛特辽娜·吉莫菲芙娜?"

"有什么见教,乡亲们?"

玛特辽娜·吉莫菲芙娜
是个仪态端庄的妇人,
粗壮结实的身板,
年纪三十七八。
她长得很美丽:
大而严厉的眼睛,
密匝匝的睫毛,
黑红的脸威风凛凛,
头上有几丝白发。
她身穿白衬衫,
一件无袖短袍,
肩搭一把镰刀。

"有什么见教,乡亲们?"

出门人等了一阵儿,
等其他的女人
走远了一点儿,
然后向她鞠了个躬:
"我们是外地人,
我们心里有个疙瘩,
一桩心事大得很,
弄得我们忘了吃喝,
弄得我们扔下农活,
离开了家乡出远门。
我们是本分的庄户人,
都是暂时义务农,
来自勒紧裤带省,
一贫如洗乡,
肩挨肩的七个村庄:
不饱村、空肚村、
补丁村、破烂儿村、
焦土村、挨饿村,
还有一个灾荒庄。
我们在大路上,
凑巧碰到了一块儿,
碰到一块儿,争了起来:
谁在俄罗斯能过好日子,
过得幸福又舒畅?
罗芒说:'地主。'
杰勉说:'官吏。'

鲁卡说:'神父。'
顾丙家两兄弟——
伊凡和米特罗多
说是:'大肚子富商。'
八洪老爹说是:
'官封一品的大公爵——
当今朝中的大臣。'
蒲洛夫却说:'沙皇!'……

"庄稼汉都是牛性子,
怪念头钻进了脑袋,
用棍子也敲不出来!
争了半天,谁也不让!
争来争去吵起来了,
吵来吵去打起来了,
打完一架定下主意:
七个人从此不分开,
再不回各人的家,
不见自己的老婆,
不见幼小的儿女,
不见年老的爹娘。
直到把犯争吵的事
寻访出一个结果,
直到一点儿不含糊,
确确实实闹清楚:
谁在俄罗斯能过好日子,

过得快活又舒畅?

"我们已经问过神父,
也问过了地主,
接着就专诚来找你!
与其再去找官吏、
商人、大臣和沙皇,
(我们这些泥腿子,
哪能见得着皇上?)
不如求你帮帮忙,
解开我们这个疙瘩!
到处都听人说:
你日子过得舒畅又幸福。
你的幸福是什么?
请你凭着良心,
对我们讲一讲。"

玛特辽娜·吉莫菲芙娜
仿佛一点也不吃惊,
只是脸上泛起愁意,
陷入了沉思中……

"你们想的真不是事儿!
当时下正值农忙,
哪有工夫儿来谈天?……"

庄稼汉们还不罢休:
"我们走遍了半个国家,
谁也没有不答理咱!"

"麦子熟得直掉粒儿,
人手不够哇,乡亲们。"

"我们是吃干饭的吗?
大嫂,给我们七把镰刀!
赶明儿起早落黑干一天,
准保把你的黑麦全割完!"

吉莫菲芙娜一琢磨,
这件事儿倒不错。
"我同意,"她说,
"你们这样彪壮的汉子,
不费什么劲儿,
每人能割十大捆。"

"你可要敞开心来谈!"

"一点儿也不相瞒!"

趁着吉莫菲芙娜
操持家务的时候,
庄稼汉们在屋背后

选了个挺好的地点:
一边是烘谷棚,
一边是大麻田,
两个又高又大的麦秸垛,
一畦菜肥瓜熟的园子地,
还有棵雄伟的橡树。
出门人在橡树下就了坐:
"喂!自己开饭的桌布,
招待招待庄稼佬!"

于是桌布铺开了,
不知是从哪儿
现出一双粗壮的手,
捧上了一桶酒,
摆上了一大堆面包,
然后又不见了……
顾丙兄弟笑作一团:
他们在菜地里
拔了个大萝卜——
个儿大得真惊人!

暗蓝暗蓝的天上
星星已经各就各位了,
月亮已经很高了,
女主人走了出来,
对咱们的出门人
敞开她的心……

第一章 女儿未嫁时

我做女儿时,
可真算有福气:
生在一个不喝酒的
和美的好人家。
跟着爹,跟着娘,
我过日子啊,
好比在基督怀抱里。
我爹天不亮起床,
慈爱地叫醒闺女;
我哥一边穿衣,
一边快活地唱:
"妹子,起来吧!
人家已经在打扫屋子,
人家已经上礼拜堂,
妹子,起来吧!
赶牲口的牧人
已经上了牧场,
采野果的女伴

已经进了树林,
种地的都下了地,
树林里有斧子响!"
我娘收拾了坛坛罐罐,
把该洗的都洗了,
把该刷的都刷了,
把面包放进烤炉里,
才走到闺女床边,——
不把闺女唤起,
把被子掖得更严:
"睡吧,我的心尖儿,
睡吧,我的小燕儿,
养养你的力气!
到了人家家里,
再也睡不舒坦!
黑更半夜才让你睡,
太阳没出就叫你起,
给你准备下一只篮,
篮底上撒几片面包皮:
咽下这么一丁点儿,
要给人家挣回一满篮!……"

可是我不在林中生,
我不拜树桩神,
我没睡多少觉。

满四岁那年西蒙节①
爹让我骑在马背上，
送走了我的幼年；②
六岁我就去放马，
跟在马后面跑，
我还养了一群鸭，
还给爹送饭。
往后是采蘑菇和野果，
往后是："拿把耙子，
把干草翻一翻！"
家里、地里的活儿
我一件一件全学会……
我从小干活是好手，
唱歌跳舞也不落人后……
在地里忙活一整天，
回家来一身泥和汗，
可澡塘是干啥的？

多谢白桦帚和蒸汽澡，③
多谢冰凉的清水泉，——
又变得一身白净，
又还你一身爽快，

---

① 九月十四日。
② 民间风俗。——作者原注
③ 俄国人洗蒸汽澡时，用白桦枝做的小帚拍打身体。

和女伴们一同踩着纺车,①
唱到三更天!

我不爱和小伙子纠缠,
遇到不要脸的,
我就给他个钉子碰;
遇到性子绵的,
我就悄悄儿告诉他:
"我娘疑心大,
我又爱红脸,
别动我,走开吧!……"

任我躲开小伙子们,
冤家到底找上了门,——
不幸是个外乡客!
菲利普·柯察金,
手艺是泥水匠,
在彼得堡干活。
我娘哭开了:
"你像条小鱼儿
一掉尾游进了大海!
你像只小夜莺
一起翅飞出了窝!
外乡地方啊,

---

① 俄罗斯的纺车是用脚踩踏板带动的。

没有撒白糖,
没有涂蜜糖,
到那儿要挨冻受饿!
到那儿,娇闺女呀,
狂风要把你吹,
乌鸦要朝你叫,
长毛狗要对你吠,
人们要将你笑!……"
我爹和媒人在喝酒,
我的心里在发愁,
一宿没睡着……

唉,小伙子,
你究竟看中了我什么?
你在哪儿见到了我?
莫非是圣诞节见到我
和小伙子们、女伴们
在山坡上滑雪玩儿,
嘻嘻哈哈笑?
唉唉,你错了!
姑娘的脸儿红扑扑,
那是叫寒气冻红了,
那是滑雪、闹着玩儿,
把脸儿弄红了!
莫非是晚上见到我
和姑娘们聚会纺纱?

那是赶上我穿得漂亮,
那是我一个冬天
养得白里透红,
像朵罂粟花儿正开放!
你倒来瞧瞧
我梳麻的时候,
我打场的时候,
是副什么模样!……
莫非是你见到我
就在我窗前?
唉,倘使我早知道,
我准叫我哥进城去一趟:
"我的好哥哥,
给我买一幅蓝缎子,
还要七彩线!"
我要在缎子四角上
绣上莫斯科、基辅、
帝城、沙皇和皇后,
当中绣上红太阳。
绣起小窗帘儿,
就在我窗上挂,
叫你光顾着看窗帘儿,
顾不上看姑娘!……

我想了一整宿,
第二天对小伙子说:

"你别找我！上帝为证，
我爱做女儿家自由自在，
不愿失掉我的自由！"

菲利普说："为了你，
我走了这么远的路！
跟我回去吧，
我不欺负你！"

我心里好酸楚，
我呜呜咽咽哭，
但是姑娘家可不粗心，
我偷眼瞅着求婚的人：
他长得好英俊！
肩膀宽，身子壮，
亚麻色的头发，
温柔的语声儿，——
菲利普印在我心上！

"过来，小伙子，
请你站在我面前，
和我脚踩一块板！
瞧瞧我明亮的眼睛，
瞧瞧我红红的脸，
细细儿思量思量：
好叫你要了我不后悔，

好叫我跟了你不流泪……
我就是这模样!"

"我想我不会后悔,
我想你不会流泪!"
菲利普这样回答我。

这时还没有谈妥哩。
我对菲利普说:
"你自个儿回去吧!"
他说:"你也跟我走!"
还有这一套:
"好姑娘……美人儿……
我看你看不够……"
"哎!"我猛地一挣……
"干吗?好大的劲儿!"
要是他抓不住,
甭想再见到玛特辽娜,
可是菲利普没松手!
倘要谈幸福,
我想,大概就在
我俩没谈妥的那时候……
从此以后再未必有!

记得那晚上繁星满天,
一个可爱的夜,

像今夜一样……

吉莫菲芙娜叹息一声，
背靠在麦秸垛上，
用悲凉的声音
轻轻地吟唱：

"年轻的商人，
究竟为什么
你会爱上我——
一个农家姑娘？
我没有穿银，
我没有戴金，
也没有珍珠
挂在我身上！"

"你的纯洁
是白花花的银，
你的美丽
是红澄澄的金，
你的串串泪珠
是又大又圆的珍珠
淌在你颊上……"

我爹给了我叮嘱，
我娘给了我祝福，

双亲领我到橡木桌边,
大杯斟满酒:
"端着这托盘,
对外乡客人们鞠躬,
给外乡客人们敬酒!"
第一次我鞠躬,——
两腿发了抖;
第二次我鞠躬,——
脸色发了白;
第三次我鞠躬,——
从姑娘头上啊,
落下了自由带①……

"这么说,办喜事了?"
顾丙兄弟中的一个说,
"向新夫妇道贺!"
"来吧!女主人先喝。"
"吉莫菲芙娜,能喝酒吗?"

"老婆子了,能喝……"

---

① 在最后一次姑娘晚会时或订婚时,从新娘头上除下"自由带",即姑娘出嫁前头上系的丝带。——作者原注
译者按:俄国农村姑娘习惯于晚上集会,一边纺纱,一边唱歌。出嫁前夕要在新娘家中举行最后一次姑娘晚会,和女友告别。

第二章　歌　谣

带到法官堂前，
腿就发软；
戴上婚礼花冠，
头就发痛，
头就发痛。
我记得一支
古老的歌谣，
唱起它来
令人心惊！
大院子里
宾客到齐，
新郎接回
年轻的妻。
夫家的亲戚
围着品评：
大姑子说她
打扮妖气，
大伯子说她
败家精，

公公说她
像头母熊,
婆婆说她
吃人精,
这个说她
邋里邋遢,
那个说她
不干净……

那支歌谣
唱的事啊,
在我身上
全应验了!
说起这支歌,
想必你们
也唱过?……

"领头吧,
大嫂你唱,
我们和……"

玛特辽娜

年轻轻的小媳妇困了,倦了,
沉重的头直想往枕头上靠,
公公却在穿堂儿里来回地走,
气冲冲地在新地板上跺着脚。

出门人合唱

又是敲,又是闹,又是跺脚,
不准媳妇睡一会儿安生觉:
起来,起来,你这个懒骨头!
起来,起来,你这个瞌睡虫!
这懒婆娘,被子不叠炕不扫!

玛特辽娜

年轻轻的小媳妇困了,倦了,
沉重的头直想往枕头上靠,
婆婆却在穿堂儿里来回地走,
气冲冲地在新地板上跺着脚。

出门人合唱

又是敲,又是闹,又是跺脚,
不准媳妇睡一会儿安生觉:
起来,起来,你这个懒骨头!
起来,起来,你这个瞌睡虫!
这懒婆娘,被子不叠炕不扫!

———————

这一家子人口多,
　爱挑眼又爱寻事……
我从温暖的娘家,
一下落入了地狱!
丈夫上彼得堡干活去,

嘱咐我万事忍耐别出声：
"对着烧红的铁板，
吐口口水也会炸锅！"
丈夫走了留下我，
和公婆、小姑们过日子，
没人亲，没人爱，
成天价挨骂听呵斥！
虔诚的大姑子玛尔法
要我给她当奴婢；
公公要我时时照应，
一个眼差没看住，
就得上酒店赎东西！
婆婆凡事讲兆头，
吃喝起坐都有忌讳，
不问你知道不知道，
犯了忌讳就怄气！
有些讲究劝人好，
有些可真是恶作剧。
有一次，婆婆对公公
一个劲儿穷嚼舌，
说偷来的麦种
长的麦子最美气。
济洪内奇半夜去偷，
叫人家逮住打得半死，
扔在草棚里……

我照丈夫的嘱咐去做：
不论心里有多少怨气，
嘴里没多说一个字。
冬天菲利普回来了，
给我捎了条丝头巾，
还在卡捷琳娜节①
带我去坐雪橇，②
满肚子的伤心事
全都烟散云消！
我又唱起了歌儿，
像在娘家时候一样……
我俩正好是同年，
谁也别打搅我们，
我们玩儿得多好，
小两口从来不吵闹。
说句实在的，
菲利普这样的丈夫，
打着灯笼也难找……

"难道没有打过你？"

吉莫菲芙娜踌躇了一下。
"只打过一次，"

---

① 十二月七日。
② 一年初次坐雪橇。——作者原注

她轻轻地回答。

"为什么事?"出门人问道。

——咱们乡下人家
怎么惹起的口舌,
莫非你们不知道?
大姑子探亲回娘家,
棉鞋裂了口子。
菲利普招呼我:
"拿双鞋给奥莲娜!"
我没有马上答应,——
我正搬起一只坛子,
坛子太沉,我说不出话。
菲利普动了火,
等我刚把坛子放下,
就啪地给了我一巴掌!

"既然你来了,
只好将就点吧!"
另一个没嫁出的大姑说。
菲利普又打了我一下。

"咱们好久没见了,
早知道,也不必来了!"
婆婆接着说。

菲利普再加了一下……

这就是全部了！
本来挨了丈夫打，
为妻的不该记心间；
可是我答应过你们：
一点儿也不相瞒！……

"这种妇人哪，
真是井底的毒蛇！
有她们在撺掇，
死人也会拿皮鞭！"

女主人没有答话。
庄稼汉们干了一杯，
一同唱起一支歌谣，
唱的是婆家人，
唱的是丝绳鞭。

———————

可恨的丈夫
站了起来，
伸手就取
丝绳鞭。

合　唱

呼的一声

鞭子响,
血花飞溅……
哎哟哟!
血花飞溅……

我对公公
苦苦哀求:
我的公公,
快救救,
把我救出
丈夫毒手!

公公说道:
使劲抽!
抽得她鲜血
满地流……

合　唱

呼的一声
鞭子响,
血花飞溅……
哎哟哟!
血花飞溅……

我对婆婆
苦苦哀求:

我的婆婆,

快救救,

把我救出

丈夫毒手!

婆婆说道:

使劲抽!

抽得她鲜血

满地流……

  合 唱

呼的一声

鞭子响,

血花飞溅……

哎哟哟!

血花飞溅……

菲利普是报喜节①走的,

待到喀山圣母节②,

我生下一个儿子。

小皎玛比画的还漂亮!

太阳分给他美丽,

白雪分给他洁白,

---

① 四月七日。
② 七月二十一日。

西伯利亚黑貂
给了他黑眉毛,
罂粟花给了他
红红的嘴唇,
雄鹰给了他
明亮的眼睛!
看到我的小天使
甜甜蜜蜜笑一笑,
我的千万种委屈呀,
全部都消融,
就像遍地冰雪,
遇到了春天的太阳!……
现在我不再犯愁了,
叫我干什么活,
我都埋头去干;
任你骂我什么,
我都一声不响。

可是这时又来了祸:
老爷的管事——
阿伯拉姆·白面包柯夫,
紧紧地缠上了我:
"你是画里的美人,
你是熟透的红莓果……"
"走开,不要脸!
就算是红莓果,

也不长在你家林子里!"
我央告了小姑子
替我去服劳役,
可是那家伙
又到屋里来缠我!
我躲在烘谷棚里,
婆婆把我拽出来:
"你不要给我惹祸!"
"娘,你把他撵出门!"
"你是想叫菲利普
给拉去当壮丁?"
我只得找老爷爷:
"怎么办? 教教我!"

婆家这一家子人,
唯有老爷爷萨威里——
我公公的爹,
他一个人怜惜我……
我讲讲老爷爷的事,
好吗,乡亲们?

庄稼汉们说:
"原原本本地讲吧!
我们给你多割两捆。"

"好吧! 说来话长了,

可是老爷爷的事
我要不讲是罪过,——
他也是个幸福的人……"

第三章　俄罗斯壮士萨威里

二十来年没剃头,
灰色的鬣毛蓬蓬松松,
加上老大的一部胡子,
老爷爷这副模样儿
(特别是当他弓着腰,
打树林里钻出来),
真像一头熊。
老爷爷是罗锅腰。
起初我看到他
走进矮矮的小屋去,
老是觉着担心:
倘使这头大熊
忽然挺直了腰,
他准得把屋顶
穿个大窟窿!
可是老爷爷的腰
再也挺不直了,——
据户籍簿上登记的,
他已经满了一百高龄。

老爷爷不喜欢这家子人，
他自己住一间小厢房，
不准别人进他的门。
家里的人也憎嫌他，
成天价骂骂咧咧的，
他亲生儿子也管他叫
"烙了印的苦役犯"。
听这话萨威里也不恼，
他回到自己房中，
画画十字，读读神历，
突然间高兴地说一声：
"烙了印，却不是奴隶！"
要是欺负他太甚，
他就逗他们说：
"瞧哇，来了媒人！"
没嫁出的大姑子
连忙扑到窗口去：
呸！原来是几个要饭的，
哪有什么媒人！
老爷爷还用锡纽扣
雕了一个银双角，
故意扔在地板上，——
公公这回遭了报应！
拐着腿从酒店回家来，——
不是喝醉了酒，
而是挨了顿揍！

这天吃晚饭,
一家子坐着不吭声:
公公的眉毛断了一截儿,
爷爷脸上是讥讽的笑容,
好像一道虹。

从开春到深秋,
老爷爷天天安套索,
逮雷鸟和松鸡,
采蘑菇和野果。
冬景天就待在炕上,
自个儿跟自个儿把话说,
他有些最爱说的词儿,
每隔个把钟头,
就冒出那么一个:

…………
"没点儿活气……
无药可救……"
…………
"哼,什么英雄!
只会跟老头儿干仗,
只会对娘儿们威风!"
…………
"忍不住——砸锅!
忍过了头——完蛋!"

…………
"俄罗斯庄稼汉——
俄罗斯壮士啊!
命里注定你
一辈子挨皮鞭;
有时候想到死,——
阴间的王法还等着你!"
…………

"倔头村豁出去拼了!
加把劲!加把劲!加把劲!"
…………

多着哩!可是我记不得……
每当公公撒了泼,
我就钻进老爷爷的屋,
闩上房门。我做活计,
红艳艳的小皎玛
就坐在老爷爷肩头上,
真像是老树顶上
长了个红苹果……

"萨威里爷爷,为什么
他们叫你烙了印的犯人?"
有一次我问他说。

"我当过苦役犯。"
"你,爷爷?"

"我,孙女儿!
我活埋了一个德国佬——
基督安·佛格尔……"

"爷爷! 你别逗了!"

"不是逗你。你听我说!"
他把一切都告诉了我。

"好多年前的事了,
那年头我们也是农奴,
可是没见过德国总管,
没见过地主是啥模样。
我们压根儿不服劳役,
也不交什么代役租,
要是看样子躲不过,
三年才去交一趟。"

"那怎么行呢,爷爷?"

"逢上了好年头嘛。
难怪留下了这句古话:
魔鬼找了三年,
才找到咱们这块地方,——
四面都是密树林子,
四面都是烂泥洼子,

步行的进不来,
骑马的更甭想!
我们的地主老爷
杀拉什尼可夫团长,
有一次带了整团兵,
想由鹿走的小道儿,
钻到我们村里来,
结果还是打了退堂鼓!
县里的警察
一年也来不了一趟。
那可真是好时光!
如今呢,老爷就在跟前,
大路修得溜平,——
呸!叫这条路见鬼才好!
想当年,只有狗熊祸害人,
我们对付狗熊,
倒不费多大劲儿。
一把尖刀一根矛,
我比老熊还凶猛,
在不见人迹的小道上走,
喊一声:'我的树林!'
只有一回遇了险:
我在树林里踩上了
一头睡觉的大母熊。
可是我没有撒腿跑,
用平生之力扎了一矛,

扎得那头野兽
像铁叉上的烤鸡儿,
翻来滚去直折腾,
不大一会就没了命!
那回我扭伤了脊梁骨,
年轻的时候,
还只是发痛发酸,
年纪一大就成了罗锅。
玛特辽娜你瞧瞧我,
像不像井台上的吊杆①?"

"开了头,你就讲完!
起初你们过得挺自在,
后来呢,爷爷?"

"后来杀拉什尼可夫
想出了一个新招儿,
下了道命令:'来见我!'
我们没理那个茬儿,
躲在我们的泥洼子里,
不动弹也不吭声。
偏偏逢上大旱年,
泥洼干了,警察来了!
我们用蜂蜜和鱼

---

① 俄国农村中,井台上有一种弯曲的吊杆,打水时吱呀作声。

打发了他们。
第二次又来了,
要把我们都押走,
我们又用兽皮
打发了他们。
第三次警察来,
我们什么也拿不出!
蹬上了树皮鞋,
戴上了破帽子,
穿上了烂褂子,——
倔头村全村进了城!
(杀拉什尼可夫
带一团兵驻在省城。)
'代役租!''交不出!
庄稼旱死了,
鱼也干死了……'
'代役租!''没有!'
老爷懒得再费唾沫:
'头道鞭!杀杀威!'
一个个都用鞭子抽!

"倔头村的腰包不松口,
杀拉什尼可夫不住手,——
用的是打了结的粗鞭子,
可不是细藤条!
抽得脑袋迷糊了,

抽得舌头不由自主了,
我们只好告饶:
'且慢,停停手!'
解开了包脚布,
给老爷送上了
半帽子'金大头'。

"团长大人息了怒,
给我们喝一种
难以下咽的苦药酒,
还和低了头的倔头村
亲自碰了杯:
'亏得你们及时投降,
要不然,上帝为证,
我已经下了决心:
把你们的皮都剥光,
拿来蒙在鼓上,
送给我的队伍敲!……'
他自以为这主意妙得很,
不由得一阵狂笑:
'哈哈!哈哈!哈哈!
这面鼓一定很漂亮!'

"垂头丧气往家走……
唯有两个倔老头儿
脸上笑眯眯的:

垫肩儿里缝着
一百卢布一张的钞票,
原封不动还在身上!
这俩倔老头一口咬定:
'我们是要饭的。'
就这样滑过了关!
当时我心里想:
嗨!老精明鬼儿,
这回让你们笑话我,
下回我也不装熊样!
旁人也都红了脸,
大伙朝着教堂赌咒:
'从此以后要骨头硬,
打死不投降!'

"倔头村的金大头
挺对地主的胃口。
年年叫去用鞭子抽……

"尽管杀拉什尼可夫
打人是行家,
榨出的油水也不大:
只有软面筋投降了,
硬骨头却顶住了,
护着整个村庄。
我也顶住了,

一声不吭,心里思忖:
'打吧,打吧,狗日的,
穷人的志气你打不光!'
每次杀拉什尼可夫
叫我们去交租后,
我们一出城,
就把余钱大伙分:
'瞧,还剩这么些钱!
杀拉什尼可夫哇,
你真是个大笨蛋!'
今儿也轮到倔头村
把老爷耍笑一番!
我们那时的人
心气儿就那么强!
可如今的人呢,
只消一个嘴巴子,
就连忙掏最后一文钱
交给地主老爷,
交给警察局长!

"那年头,我们的日子
过得蛮兴旺……

"又一个夏天来到了,
我们等着收租告示……
告示来了,说的却是:

杀拉什尼可夫团长
已经在瓦尔纳①阵亡。
我们才不可怜他哩,
可是心里不由得想:
'庄稼汉的好日子,
这回怕也到头了!'
果然,他的继承人
想出了一个绝招:
给我们派来个德国佬。
好个又奸又猾的小子!
钻过密树林子,
走过烂泥洼子,
光杆儿一个跑来了,
提着一根手杖
(手杖里头是钓鱼竿),
头戴大盖帽。
开头他细声细语儿:
'能交多少交多少。'
'一点儿也交不出!'
'我回禀一声老爷。'
'尽管回禀去吧!'
这就算完事了。
过了一天又一天,
他天天拿着钓竿,

① 保加利亚地名,一八二八年俄土战争中被俄军攻占。

坐在河边钓鱼吃,
一面噼噼啪啪地
打自己巴掌和鼻子!
我们瞧着哈哈笑:
'敢情你不喜欢
倔头村的蚊子!
受不了吧,德国佬?……'
他在岸上到处遛,
怪声怪气地笑,
像在洗滚烫的蒸汽澡……

"他和小伙子们
姑娘们混熟了,
成天价在林子里转……
结果转出名堂来了! ——
'既然交不出代役租,
就请你们服劳役吧!'
'你要我们干什么?'
'最好能在沼泽里
挖上几条排水沟……'
我们挖好了沟……
'再砍点儿木料……'
'成!'我们动手砍,
德国佬指到哪儿,
我们就砍到哪儿。
瞧,林子里砍开了一条道!

德国佬又叫我们
把木料往泥洼里拖……
一句话：等我们恍然悟到
我们上了当的时候，
一条大路已修好！

"他驾马车进了城，
拉来了箱笼铺盖，
这个光脚德国佬
不知从哪儿
弄来了一家妻小！
搬完了家摆酒宴，
请来了警察局长，
请来了地方官员，
宾客挤满院！

"从此倔头村的人
苦工做不完，
大伙儿叫他搜刮得
连条裤子都不留！
和杀拉什尼可夫一样，
他打人是能手。
但那团长是二杆子，
哪怕他来势汹汹，
摆开了杀人的架势，
一给钱他就把兵收，

真是只不折不扣的
撑圆了肚子的大狗虱。
这德国佬却是一口死咬,——
不把你鲜血吸干,
不叫你沿街要饭,
他就不松口!"

"爷爷,你们怎么能忍?"

"我们忍住了,
因为我们是壮士。
俄罗斯壮士最坚忍。
玛特辽娜,你以为
庄稼汉算不上壮士?
尽管他没有汗马功劳,
尽管他不在沙场战死,
他却是壮士!

"双脚锁着脚镣,
双手缠着铁链,
他的脊梁啊——
用整个森林的树来抽,
棵棵大树全折断!
他的胸脯上——
先知以利亚驾着火焰车
隆隆飞奔,又压又碾,

壮士全都顶住了!

"压弯了,压不垮,
压不垮,不倒下,——
难道说不是壮士?"

"爷爷,你开玩笑!"
我说,"这样的壮士
会叫老鼠啃吃了!"

"玛特辽娜呀,
这我可不知道。
这副大山般的重担
他扛是扛起来了,
可是使劲儿太大,
自己也齐胸陷入了地!
他脸上不是泪水淌,
他脸上是鲜血在滴!
结局怎样?我猜不着,
上帝才知道!……
我只知道我自己,——
每逢雪风呼呼叫,
每当老骨头酸又疼,
我躺在炕上暗自想道:
一身力气呀,哪儿去了?
都干什么花掉了?——

唉,在鞭子底下,
在棍子底下,
一点一滴消磨掉了!"

"爷爷,那德国佬呢?"

"德国佬神气一时,
可是我们的斧子
也在等时机!

"我们忍了十八年整。
德国佬要修工厂,
叫我们挖口井。
我们九个人
挖到晌午没歇气。
刚想坐下吃早饭,
德国佬来了:
'磨什么洋工?……'
他这就骂开了,
没完没了,尖声尖气!
我们饿着肚子站着,
德国佬一边骂,
一边把土块往坑里踢。
坑已经蛮深的了……
这时刻,我用膀子
轻轻地挤了他一挤。

接着第二个也挤,
第三个也挤……
我们大伙聚在一起……
离坑只有两步路……
我们一言不发,
你不看我,我不看你……
只是排成人墙,
把基督安·佛格尔
一寸一寸地
往坑边挤,挤,挤……
只听得咕咚一声,
德国佬滚到坑底下,
直嚷嚷:'绳子!梯子!'
我们用九把铁锹
给了他回答。
我喊了声:'加把劲!'
俄罗斯人一听到喊,
就干得格外欢。
'加把劲!加把劲!'
大伙儿一鼓劲儿,
土坑变了平地!
我们到这时,
才互相看了一眼……"

老爷爷住了口。

"以后呢?"

"以后是晦气!
先上酒店……后吃官司……
关在布伊城监牢里,
我一边听候发落,
一边学读书识字。
判下来了:服苦役,
外加一顿皮鞭。
(鞭子抽得不咋样,
我只当他挠痒痒!)
到了服苦役的地方,
我逃跑了,叫人抓了回去,
这一次,当然咯,
也不会对我讲客气。
我们的监工头
打人是好手,
在西伯利亚有名气,
可是我挨监工的皮鞭,
连眉头都不皱。——
杀拉什尼可夫团长
打起人来更厉害,
抽鞭子数他最老练。
他把我这身皮
练得像革一样,
保穿一百年!

"日子可真不好过。
二十年苦役,
再加二十年流放……
我攒下了几个钱,
沙皇的诏书下来了,
我才回到家乡。
紧挨着房子
盖上了这间小厢房,
一直住到如今。
见爷爷身上有俩钱儿,
人人都孝顺,
个个把笑脸装;
如今爷爷没了钱儿,
唾沫吐到我脸上!
哼,什么英雄!
只会跟老头儿干仗,
只会对娘儿们威风……"

老爷爷的故事讲完了……

七个出门人说:
"大嫂,请你接下去
把自己的故事也讲完。"

"再往下讲实在心酸!

上帝免了我一场祸：
白面包柯夫得霍乱死了，
可是又来了新的灾难！……"

"加把劲！"出门人说着
（他们很喜欢这句话），
又一次干了杯……

第四章　小皎玛

雷火烧着了一棵树,
树上有个夜莺巢。
烧得大树长叹息,
烧得小鸟哀哀叫:
"妈妈呀,你在哪里?
我们羽毛没长成,
你不该就扔下我们!
等到翅膀长硬了,
我们就能自己飞,
飞到宽广的原野,
飞到幽静的树林!"
大树烧成了灰,
小鸟们烧成了灰,
这时母鸟才飞回。
不见树……不见巢……
小鸟儿都不见影!……
母鸟伤心地唱着,叫着,
一边悲啼一边飞旋,
一圈飞得比一圈急,

只有翅膀唰唰声!……
夜已深,万物静,
只有可怜的母鸟啊,
彻夜悲啼叫唤小鸟,
再也叫不应!……

在割麦的地里,
我带着小皎玛……
婆婆一见怒冲冲,
破口将我骂:
"瞧你拖儿带女的,
是割麦还是装相?
快给爷爷抱!"
骂得我好心慌,
一句话也不敢答,
留下了小皎玛……

那年我们的黑麦
施肥足,耪苗勤,
一年辛苦有报偿,
得了好收成。——
种地的受大累,
收割的心欢畅!
我一面把麦捆
往大车上装,
一面快乐地唱。

（装大车的时候，
是歌声和欢笑；
装爬犁的时候，
是愁闷和心焦，——
大车拉粮食回家门，
爬犁拉粮食上市场！）
猛可里听得呻吟声：
萨威里爷爷在地上爬，
脸色白得像死人：
"玛特辽娜，饶恕我！
我的罪过——没看好他！……"
老爷爷跪在我脚下……

唉，愚蠢的燕子啊，
不要把你的窝
筑在陡峭的河岸下！
你不见河水天天涨，
会淹死你的小燕儿！
唉，可怜的女人哪，
一家中最小的媳妇，
奴婢之下的奴婢！
忍住那雷霆般的骂，
情愿多挨几顿打，
可是对幼小的孩子啊，
你要目不转睛看住他！……

老糊涂的爷爷啊,
晒太阳睡着了,
我的小皎玛
叫猪群咬死了!……
我发狂地翻滚,
我像虫子般扭曲,
我拼命要叫醒小皎玛,
可是已经迟了!……

一阵马蹄疾,
一串铃声急,——
新的祸事又临门!
吓慌了的小孩儿们
赶紧逃回家里,
老头儿跟老婆子们
慌忙把窗闭。
村正满街跑,
用棍子敲窗门,
跑遍村里跑村外,
田里地里去叫人,
人群聚拢来了,
有的咳,有的哼……
呀!上帝发怒了!——
把不公正的法官
派到了村里来!
想必是他们钱花完了,

靴子破了,肚子饿了,
跑来找外快!……

也不对上帝做祷告,
当官儿的坐到堂桌前,
摆上十字架和读经台,
我们乡里的伊凡神父
叫证人们都起了誓。

先审了老爷爷,
接着村警又把我带。
警察局长来回踱,
像野兽般一阵阵咆哮:
"妇人!你和农奴萨威里
有何奸情?快给我招!"
我小声儿地答了话:
"老爷这玩笑开得太损!
我是个忠实的妻子,
而萨威里爷爷一百岁了,
敢情你也知道……"
一拳头敲在桌面上,
像只钉了蹄铁的马脚!
"住嘴!你和农奴萨威里
如何串通谋害小儿?招!"
圣母娘娘啊!
真亏他想得出!

我全身火烧火燎,
差点儿没骂一声:
"丧尽天良的贼!"……
忽然我看见一个医生
正在磨剪刀和手术刀。
我全身猛一震,
话到舌尖咽下了。
"没有,"我答道,
"小皎玛是我的心尖肉,
我哪里会害他?……"
"你没有给他下砒霜?
你没有给他吃毒药?"
"没有!上帝保佑!……"
我对他们鞠躬,
我对他们低头:
"老爷你行行好!
让孩子平安下葬吧,
不要再糟践他!
我是他母亲!……"
哪里肯听我的央告?
他们胸膛里没有灵魂,
脖子上没有十字架,
眼瞳里没有良心!

他们把襁褓扯个精光,
把小皎玛的细皮嫩肉

一刀一刀地割,
一层一层地剥。
这时我眼前发了黑,
我又挣扎,又喊叫:
"凶手!强盗!……
我的眼泪呀,
不洒在地上,
不洒在海洋,
不洒在上帝的庙堂!
我的眼泪呀,
要像滚水浇在仇人心上!
上帝,我求求你:
叫他们衣服烂成灰,
叫他们头脑变疯狂,
叫他们娶妻娶傻子,
叫他们生子生白痴!
上帝你看看我的眼泪,
上帝你答应我的祷告,
惩罚这批恶狼!……"①

"她像是个疯子?"
当官儿的对警察说,
"你怎么预先不提防?
妇人!不准撒泼!

---

① 采自民间哭调,几乎一字未改。——作者原注

否则就把你绑上!……"

我没了劲儿,
坐倒在长凳上,
全身发着颤,
直勾勾地看着医生:
他袖子卷起老高,
胸前围着围裙,
一手握着把宽宽的刀,
一手挽着血淋淋的毛巾,
鼻尖上架着一副眼镜。
屋里鸦雀无声……
当官儿的不说话,
用笔嚓嚓地写;
神父衔着烟斗,
一阵阵喷着烟;
农奴们灰沉着脸,
站那儿一动不动。
"你用刀子研究人心哩。"
神父对医生说。
只见凶手一刀下去,
剖开了小皎玛的心!
这时我又拼命挣扎……
"瞧,一点不假,——
完全是个疯妇人!
绑上她!"当官儿的

给警察下了命令。
接着又问证人：
"以前曾否见过
女农奴吉莫菲芙娜
有疯癫情事？"

"没有！"

问了公公、婆婆，
问了大伯、小姑，——

"没有见过，没有！"

又问了老爷爷，——

"没见过！这媳妇
向来很温顺……
只做了一件疯癫事：
今天叫她来见官儿，
这蠢东西空手来了，
没带一个卢布，
没带一匹麻布！"

老爷爷悲伤地哭了。
当官儿的眉头一皱，
沉下脸一声不出。

我猛地醒悟了：
真是上帝发了怒，
叫我一时糊涂了！
本来箱子里面
还有匹现成的麻布！
可是后悔已经晚了。
医生当着我的面，
已经一根一根地
剔出了小皎玛的骨头，
又用一领破席把他盖住。
我好像变成了木头人，
呆呆地看着医生洗手，
洗完了手喝烧酒。
还听得他在让神父：
"敬请你干一杯！"
神父说："何用请？
我们都是有罪之人，
不需要树条抽，
不需要鞭子撵，
谁都赶来饮酒泉！"

夜猫子来了不能白来，
敲诈勒索，由头儿可真多！
农奴们站了大半天，
一个个吓得直哆嗦，
尽管不在教堂，

祷告做个没完,
尽管没有圣像,
鞠躬累得腰酸!
当官儿的像股旋风,
把农奴的胡子都揪掉;
当官儿的像头恶兽,
一拳头打下来,
金戒指儿都敲断!……
办完了案坐下吃喝,
同神父闲唠嗑儿,
我听得神父小着声儿
对官儿诉苦说:
"我们这里的教民
都是穷光蛋和醉鬼,
婚礼费、忏悔钱,
一拖欠就是好几年!
最后的一个子儿
也拿去打酒喝;
而带来见神父的,
除了罪恶还是罪恶!"
后来我听得歌声悠扬,
都是我熟悉的
女伴们的声音:
娜达沙、格拉沙、达丽亚……
听,跳舞呢!听,手风琴!……
忽然一切都静了……

莫非是我睡着了?……
我觉得一下子轻松了,
我觉得有人俯下身,
轻轻地对我说:
"睡吧,多怨多愁的女人!
睡吧,受苦受难的女人!"
还为我画了个十字……
绳子从我手上脱落了……
往后我什么也不记得了……

我醒来了。黑乎乎的,
瞧窗外——已是深夜!
我在哪儿?出了什么事?
打死我也记不起来!
我磕磕绊绊挨到门外,——
没有一个人影。
抬头望天上,——
不见月亮不见星,
我们村子上面
黑压压罩定了一片乌云,
农奴的房子都漆黑,
只有爷爷的小厢房,
像宫殿似的灯火通明。
我一步跨进厢房门,
一切都记起来了!
屋里四周烧着明烛,

中央一张橡木桌,
桌上摆着个小不点的棺材,
盖着织花的麻桌布,
棺材头上供着圣像……
"呀,木匠啊木匠!
你们为我的儿
修的是什么房?
没有开窗户,
没有安玻璃,
没有板凳没有炕!
小皎玛没有鸭绒褥,
呀,他躺着多么硬,
呀,他睡着多么慌!……"

"走开!"我忽然大声喊,——
我看见了老爷爷:
他戴着眼镜,
站在小棺材旁,
拿着一本书,
给小皎玛念经。
我把一百岁的老爷爷
唤作烙了印的苦役犯。
我怒气冲冲地嚷,
我声色俱厉地喊:
"走开!你害死了小皎玛!
愿你受诅咒……走开!……"

老爷爷站着不动。
画了个十字继续念……
等我平静下来了,
才走到我跟前:
"玛特辽娜,冬天里
我给你讲了我的一生,
还剩一点儿没讲完。
在这黑山老林里,
在这荒洼野淀里,
我们生来就野蛮。
我们干的是苦营生:
安套索逮山鸡,
使短矛宰狗熊,
一个失手就玩儿完!
再加上杀拉什尼可夫
带着兵糟害人,
再加上德国佬
逼得人难活命……
往后,是坐牢和苦役……
孙女儿啊,我的心
已经变得顽石一般,
我比野兽还凶狠。
一百年严冬没开冻,
是你的皎玛小壮士
把冰雪都消融!

有一天我摇着小皎玛,
他朝我甜甜地一笑……
我也朝着他笑了!
从此就出了奇事:
前几天我去打猎,
碰见一只小松鼠,——
它在树枝上摇着玩儿,
还像小猫儿一样,
用爪子洗脸儿……
我瞄准了,却没开枪!
我在树林里,草甸上,
爱看每一朵小花儿,
我回到家里来,
和小皎玛笑着玩儿……
上帝为证,我真爱上了
这个可爱的小娃娃!
可偏偏是我的罪过,
糟蹋了无罪的孩子……
你尽管骂我,惩罚我!
可是上帝的旨意,
谁也拧不过。
为小皎玛祷告吧!
上帝做事自有道理:
活着也只能当农奴,
一辈子哪有好日子过?"

老爷爷絮絮不停
讲起了庄稼人的苦命,
讲得好心伤……
哪怕当着莫斯科大老板,
哪怕是当着王爷,
哪怕是当着沙皇的面,
也不必说得更在理,
也不用讲得更透亮!

"如今小皎玛升了天堂,
那儿是一片光明,
他不再有痛苦了……"

老爷爷哭了。

"上帝带走了我的儿,"
我说,"我不敢怨,
可是为什么他们
把小皎玛如此糟践?
为什么像一群黑老鸦,
把他的细皮嫩肉
撕得粉碎?……难道说
上帝和沙皇都不管?……"

"上帝太高,沙皇远……"

"再远我也要去告!"

"唉!孙女儿你别糊涂……
忍着吧,多怨多愁的女人!
忍着吧,受苦受难的女人!
我们有冤没处诉!"

"老爷爷,为什么?"

萨威里爷爷回答道:
"因为你是个女农奴!"

我思量了好久,
我心中好苦……
一声雷响震窗户,
我也打了一个寒噤……
老爷爷牵我到棺材边:
"祷告吧!求求上帝
把小皎玛收作小天使!"
他把一支点着的蜡烛
交到我手中。

我祷告了一整宿,
一直到天明;
老爷爷拖着平稳的调子,
给小皎玛念经……

第五章 母 狼

小皎玛盖上青草被
已经二十个年头,——
我还在心疼我的儿!
天天为他做祷告,
每年救主节①之前
苹果不入口。②
我好久没复原,
我对谁都不说话,
尤其是萨威里爷爷
我连看也不愿看。
我什么活也不想干。
公公打算用缰绳
好好教训我一顿,
我说:"打死我吧!"
我对他一躬到地:
"打死了我才干净!"

---

① 八月十九日。
② 民间迷信:母亲丧失婴儿后,如果在救主节(苹果成熟期)之前吃苹果,上帝就不给死去的婴儿在天上"玩苹果",作为惩罚。——作者原注

他只好挂上了缰绳。
我黑天白日地
守在小皎玛坟上,
用手巾拂着坟墓,
想叫青草快点儿长。
我一面为亡儿祷告,
一面想念爹和娘:
你们把女儿忘了!
是怕我婆家狗咬?
还是为我婆家害臊?
"闺女呀,我们没有忘!
不是怕你婆家狗咬,
不是为你婆家害臊,——
只是老远地跑来呀,
除了讲自己的难处,
就是问你的苦处,
白跑这四十俄里路,
把马儿累得太冤枉!
要不然我们早来了,
可是我们心思量:
来了叫你一场哭,
临走又叫你哭一场!"

冬天到了,我对丈夫
倾吐了满心的苦,
我们躲在老爷爷屋里,

两人有说不尽的悲伤……

"这么说,老爷爷死了?"
七个出门人问。

——不,他在自己屋里
躺了六天没出门,
然后起身走进树林,
又是哭,又是唱,
唱得树林也掉泪!
秋天他出了远门,
到白沙寺院去忏悔……

我和菲利普一同
回家探望了爹和娘,
然后又干活不消停。
每个礼拜都一样,
转眼过了三冬春。
每年添一个孩子,
哪有工夫想心事?
但求干完每天的活儿,
但求有工夫画十字!
一家老小吃剩了,
我才能吃口饭,
碰上哪天病倒了,
我才能睡一觉……

到了第四年上,
灾祸又悄悄来临,——
一旦它缠上了你,
至死不离身!

它飞在你前面——像老鹰,
它飞在你后面——像乌鸦,
它飞在你前面——躲不过,
它飞在你后面——拉不下……

　　我失掉了双亲……
　　狂风听到了孤女哭,
　　黑夜知道了孤女心,
　　不必再说给你们听……

　　我到小皎玛坟上,
　　想去哭一场。
　　一瞧坟墓修整了,
　　新安了个木十字架,
　　刻着个漂亮的金圣像。
　　还有个老人
　　趴在圣像前。
　　"萨威里爷爷!
　　你从哪儿来?"

　　"从白沙寺院回来……

227

我为可怜的小皎玛祷告,
我为每一个辛劳的
俄罗斯农奴祷告,
我还要祷告,"(这一次,
老爷爷不是对圣像鞠躬。)
"求愤怒的母亲的心
软一软!……饶恕我吧!"

"爷爷,早就饶恕了!"
萨威里松了口气……
"孙女儿呀,孙女儿!"
"爷爷,什么事?"
"像从前那样看我一眼!"

我像从前一样看着他。

萨威里细瞧着我的眼神,
想把老脊梁勉强伸一伸。
老爷爷的须发呀,
已经白得像雪花。
我抱住了老人,
我们靠着十字架,
哭了不知多少时辰。
我对着老爷爷
倾诉新的不幸……

老爷爷没有活多久。
一年秋天,他脖子上
出现了一道深深的伤口,
他死得真遭罪:
一百天没吃东西,
一天比一天瘦。
还取笑他自己哩:
"玛特辽娜你瞧瞧我,
像不像倔头村的蚊子——
光剩下皮包骨!"
一会儿他脾气怪好,
一会儿又倔又暴躁,
吓唬我们说:"农奴们,
不要耕地,不要撒谷!
女农奴们,
不要弯着腰纺纱,
不要驼着背织布!
愚蠢的人们哪,
任凭你们泼命干,
逃不掉命里的劫数!
男子汉面前三条路:
酒店、苦役、坐监牢;
妇人面前三个绳套:
第一条是白绫,
第二条是红绫,
第三条是黑绫,

任你选一条,
把脖子往里套!……"
老爷爷仰天大笑,
笑得屋里的人都发抖了。
这天晚晌他咽了气。
我们依他的嘱咐,
把他葬在皎玛一起……
他活了一百零七岁。

———————

往后又过了
平静的四个年头,
每年都是一模一样……
早上我第一个起身,
晚上我末一个上床;
一家子都要我伺候,
婆婆、喝醉的公公、
没嫁出的大姑子,
都伸脚叫我脱皮靴……
我什么都逆来顺受,
可就是孩子不让人碰!
我护着孩子们,
好像一堵墙。
有一回,乡亲们,
一个游方的修女
来到了我们村庄,
凭一条莲花妙舌,

迷住了大家的心。
这位上帝的侍女
教我们为人要行善，
好拯救自己的灵魂，
每逢礼拜天，
她唤醒我们做早祷……
后来又叫我们在斋戒日
不喂小孩儿吃奶，
这一下弄得村里乱纷纷！
每逢礼拜三和礼拜五，
饿得小奶孩儿们
吱哇哭叫一片声！
为娘的看着儿子哭，
自个儿也泪淋淋：
想起上帝心害怕，
瞧着孩子又心疼！
只有我一人没理会，
我自有我的算计：
要遭罪就让娘遭罪，——
在上帝面前我担罪名，
孩子可没罪！

看来，上帝真的动怒了。
老二费多特八岁那年，
公公叫他当了牧童。
一天牲口都回来了，

还不见费多特,
我便到村头去等。
谁知村头上密密匝匝,
围了一大堆人!
我侧耳听了听,
马上冲进了人丛,——
只见费多特脸煞白,
村正西浪七揪住他耳朵。
"你抓住他要干吗?"
"要用鞭子教训他一顿!
亏这小子想得出:
拿羊去喂狼!"
我一把夺过费多特,
没留意把村正
推了个倒栽葱。

原来出了一件奇事:
牧人走开了,
光剩下费多特看着羊。
儿子告诉我:
"我坐在山坡上,
不知从哪儿
蹿出一条大母狼,
一口叼了玛丽亚的羊!
我一边喊着撵,
一边吹口哨呼狗,

鞭子甩得噼啪响……
我跑起来飞快,
可是本来也撵不上狼,
要不是它正怀着崽,
奶子都在地上拖着,
拖出一道血印,……妈呀,
我就跟着血印撵!

"母狼越跑越慢,
走着走着,回头瞅我……
我连忙快步赶上!
它坐下了,我给它一鞭:
'畜生!还我羊来!'
它坐着,就不松口……
我没胆小:'拼了命,
也要夺回这只羊!'
我猛扑上去,
一把夺下了羊……
没啥——狼没咬我!
它自己也半死不活,
张着嘴喘粗气,
光把牙咬得咯吱响。
它奶子叫茅草割破了,
肚子底下一条血河,
一根根的肋巴骨
数都数得清,

它抬头瞅着我眼睛……
忽然嚎了起来,
嚎得就跟哭一样。
我摸摸羊:已经死了……
母狼怪可怜地瞅着我,
一声声嚎着……妈呀!
我把羊扔给了它! ……"

这就是小家伙遇到的事。
回到村里,这小傻瓜,
一五一十照实说了,
所以人家要揍他,
好在我来得是时候……
西浪七冒火了,直嚷嚷:
"你乱推乱搡干什么?
是不是自己想挨藤条?"
玛丽亚不甘休:
"非教训这熊羔子不可!"
她从我手里抢费多特,
吓得费多特索索抖。

忽听得声声号角响,
地主出猎回了家。
我忙上前去央告:
"求求你,不要打他!"
"怎么回事?"问过村正,

地主马上下了命令：
"牧童年幼无知，
姑且恕罪；
妇人粗鲁放肆，
应严加责罚！"

我高兴得跳了起来：
"老爷饶了费多特！
费多特，快回家！"

"你现在跳舞，
还早着点儿！"村正说，
"来人！执行刑罚！"

邻家妇人插了嘴：
"你快跪下求求村正……"

"费多特，快回家！"
我摸摸孩子的头：
"不准你回头看，
我会生气的……走吧！"

唱歌要是漏掉一个字儿，
整支歌就得中断。
乡亲们哪！我躺下挨了打……

我像猫似的轻手轻脚
走进费多特睡的房里。
孩子睡得很不安,
还在说梦话;
一只胳臂垂在床边,
一只拳头遮着眼。
可怜的孩子,你哭了?
睡吧。我在这儿,
什么都甭怕!……
我怀老二的时候,
正在为皎玛伤心,
所以他生下来身体就弱;
可是如今长大了,
倒出息得心灵手巧:
跟他爹上彼得堡干活,
给阿尔费乐夫工厂
砌了个老高的烟筒哩!……
我陪着他坐了一整宿,
太阳没露红,
我就叫醒了小牧童,
替他穿上了树皮鞋,
替他画了十字,
递给他帽子、鞭子和号角。
全家人也起来了,
我躲着他们没照面,
也没下地去割草。

我走到急流的小河边，
在一丛丛柳树中
找了个背静的地方，
坐在一块大青石上。
没爹没娘的苦命人
手托着脸儿哭出了声！

我高声喊我的爹：
爹啊，我的靠山！
来看看你心爱的闺女吧！……
喊来喊去没人应，——
再没有保护我的人！
只恨那没亲没眷
任意孤行的死神，
没等到时辰
就夺走了我的亲人！

我高声叫我的娘，
风声答应了我，
远山答应了我，
可是我娘没答应！
白天为我操心的娘，
黑夜为我祷告的娘，
我再也见不到你了！
我的亲娘啊，

走上了一条陌生路,——
只有去程没归程,
那地方一丝风不透,
野兽也难寻……

再没有保护我的人!
但愿你们知道啊,——
你们扔下我,
把我交给了些什么人?
你们扔下我,
我受了多少苦情?
黑夜我用眼泪来洗脸,
白天我像小草把腰弯,
每天我低头过日子,
怀着愤怒的心!……

第六章 凶 年

就在那一年,
天上出了怪星。
有些人解说道:
这是上帝出巡,
派出他的天使,
用一把火帚①,
在上帝驾到之前
把天上的路打扫干净;
另一些人却说:
巡天的不是上帝,
而是基督的敌人,
这是个凶兆。
果然,闹饥荒了!
好怕人的荒年哪,
连亲兄弟也不肯
分给一块面包!
我记起了费多特遇到的

---

① 彗星。——作者原注

那条饥饿的母狼,——
我带着一窝孩子,
如今也像它一样!
偏偏我婆婆
又把"忌讳"搬了出来,
她对街坊们编派我,
说我过圣诞节
换了干净衬衣,①
闹灾荒,我是祸苗!
全靠丈夫护着我,
我才算没有吃大亏;
可是另外有个女人
听说就为同样的事
叫人家用棍子打死了。
跟饥饿的人们
开不得玩笑!……

世上祸事不单行:
勉强度了荒,
又要抽壮丁!
我倒还不担忧,——
菲利普一家人里
已有长兄当了兵。
我独个儿坐着做活计,

---

① 民间迷信:圣诞节忌穿干净衬衣,否则就会歉收。——作者原注

丈夫和两个大伯
清早就出门了，
公公在村社开会，
婆婆、姑嫂们
都上邻家去串门儿。
我身子很不舒服，——
那时正怀着辽朵尔，
快要足月了。
我料理好了孩子们，
在正屋的炕上
盖着皮袄躺一阵儿。
天傍黑女人们回了家，
就等公公吃晚饭。
公公到底回来了：
"唉唉！累死我了，
可还是没点门儿！
这回完了，老婆子！
谁听说过，谁见过：
老大去了不几年，
又拉小的去当兵！
我给他们算年岁，
给他们作揖又打躬，
可是村社里主事的
净是些什么东西？
求村正，他赌咒说：
很抱歉，但是没法子！

我又求告文书,
可是从这骗子身上,
斧子也劈不下一丝公理,
就像从墙上劈不下影子!
叫人收买了,全收买了……
要是告到省长那儿,
够他们受用!——
只消省长派人,
查查咱乡的壮丁花名册。
可是咱泥腿百姓,
莫想进衙门!……"
婆婆哭了,小姑哭了,
我呢……方才还发冷,
这会儿全身像火烧!……
心思乱成一锅粥,——
不是心思,是噩梦……
…………

没爹的孩子们,
挨饿的孩子们,
站在我眼前……
家里人对他们冷眼看,
嫌他们在家爱吵闹,
在街上好打架,
在桌边多吃了饭……
这个敲他们脑袋,
那个揪他们耳朵……

孩子的妈呀,当兵的妻,
连吭气也不敢!
…………
如今村里的那垄地、
家里的这座房、
牲口和衣衫——
全都没有了我的份儿。
如今我的全部家产,
只有三个湖
满盛着滚烫的泪水,
加上三垄地
满种着灾难!
…………
如今在邻居面前,
我好像是个罪人:
"饶恕我吧!——
以前我心气儿太傲,
对人不低头,
我这个傻瓜没料到
今朝会落得孤苦伶仃……
好人们,求你们多担待,
教教我过日子的法儿:
我自己靠什么活?
又怎么养活这群孩子,
拉扯他们成人?……"
…………

我打发孩子们去讨饭:
"要低声下气地求,
孩子们,可不许偷!"
孩子泪人儿似的:"好冷!
我们披着破衣裳片子,
在窗口站着直发抖,
从这家门到那家门,
连腿都挪不动……
富人家我们不敢去讨,
穷人家回答我们说:
'愿上帝给你们面包!'
我们空手回家来,
又怕你骂我们!……"
…………

我做好了晚饭,
叫来了公公、婆婆,
叫来了大伯、小姑,
自己却像丫头似的,
站在门边挨着饿。
婆婆喊道:"懒婆娘!
这么早就想钻被窝?"
大伯说:"今儿一天
你没干多少活,
摇着摇篮躲自在,
光等太阳落!"
…………

我上教堂做祷告，
稍稍打扮了一下，
就有人戳着脊梁笑！
…………
穿衣不敢穿整齐，
洗脸不敢洗白净，
邻居的眼睛尖，
街坊的舌头长！
走道儿也要悄悄儿走，
耷拉下眼睛低着头，
高兴了不敢笑一声，
伤心了不能哭一场！
…………
碧绿的田野和牧场啊，
都叫雪封住，
漫漫严冬没尽头！
一幅白雪的尸布
没有一角融化，
当兵的妻呀，孩子的妈，
没有一个朋友！
有话对谁去说？
心事对谁去诉？
贫穷的日子啊，
怎么挨下去？
满腔的苦水呀，
哪儿去倾吐？

倾入树林,树林会枯萎,
倾入草原,草原会烧毁,
倾入急流的河水吧,
河水也会变死水!
当兵的妻呀,你的苦水
只有带着进坟墓!
…………

没有丈夫,再没人保护……
听!军鼓在敲!
是队伍过来了……
站定了……列队了……
"快!"只见菲利普
被带到操场中央。
"动刑!头道鞭!"
杀拉什尼可夫在叫。
菲利普倒在地上:"饶了我……"
"你尝尝滋味看,
保管叫你喜欢!
哈哈!哈哈!哈哈!
这是打了结的粗鞭子,
可不是细藤条!……"
…………

我霍地跳下了炕,
穿上鞋。我细细听,
没有一点儿声响,
一家人睡得挺熟。

我悄悄儿开门走出来,
夜风刺骨,满天霜……
从多穆娜家里
传来悠扬的歌声,——
村里的小伙子和姑娘
正聚在她家对唱,
唱的是我心爱的歌儿……

"山上一棵杉树,
山下一间小屋,
小屋里睡着玛申卡。
她爹来找她,
把姑娘叫醒:
玛申卡·叶菲莫芙娜,
咱们回家吧!

我不听,我不去:
夜色这么暗,没有月亮,
河水这么急,没人摆渡,
树林这么黑,没人保护……

山上一棵杉树,
山下一间小屋,
小屋里睡着玛申卡。
她娘来找她,
把姑娘叫醒:

玛申卡·叶菲莫芙娜,
　　咱们回家吧!

我不听,我不去:
夜色这么暗,没有月亮,
河水这么急,没人摆渡,
树林这么黑,没人保护……

　　山上一棵杉树,
　　山下一间小屋,
　　小屋里睡着玛申卡。
　　彼得来找她,
　　彼得·彼得罗维奇
　　把姑娘叫醒:
　　我的心肝玛申卡!
　　咱们回家吧!

我听了,我去了:
夜色这么明,又有月亮,
河水这么缓,有人摆渡,
树林虽然黑,有人保护。"

第七章 省长夫人

我几乎是跑着,
跑过了整个村,——
我觉得小伙子和姑娘
都唱着歌把我跟。
跑出了立锥村,
我才敢向四面瞧:
只有白雪覆盖的地,
只有明月辉映的天,
还有我和我的影……
我满心的惊和怕
忽然烟消云散,——
一股爽快的泉水
涌进我的心胸……
啊,多谢这冬天的风!
它像是给病人
喝了一杯冰水,
吹凉了发烧的头,
驱散了不祥的梦,
使神志变清醒。

我跪倒在地：
"圣母娘娘啊，告诉我：
我哪儿触犯了上帝？
圣母娘娘啊！我身上
没一根骨头不破碎，
没一条筋肉不劳损，
没一滴鲜血不发紫，
可是我全忍着，
连怨言也没一句！
上帝给我的气力
我全用来干活；
我的爱全给了孩子！
无所不察的圣母哇，
无所不能的圣母哇，
搭救你的奴婢！……"

从那一次起，
我总爱在冬夜里
在星空之下做祷告。
你们要遇上灾和祸，
不妨叫老婆也试试：
这样做祷告，
比什么时候都诚心。
我祷告得越久，
我把滚烫的额头
在雪地上碰的次数越多，

心里就越轻松,
身上就越有劲……

然后我就上了路,
这条道儿我挺熟,
驾大车走过好多趟,——
天傍黑就套车,
清早太阳露红时,
能赶到市场上。
我走了一整宿,
一个人也没遇着。
走到了城郊,
才遇着一队队大车,
满装着农家的草料。
我真可怜拉车的马:
它们从家里
拉走了自己的草和料,
往后就得挨饿。
我想:不平的事太多,
干活的马吃麦秸,
闲逛的马却吃燕麦!……
贫苦人背着大蒲包,——
家中哪里有余粮?
怎奈催钱粮如催命!
刚走到城根儿,
一批投机商贩

马上围住了庄户人,
连骂带赌咒,
连骗带糊弄!

晨祷钟声响了,
我走进了城,
寻找教堂广场。
我知道:省长宫
坐落在广场上。
黑乎乎的广场上没人影,
只有省长宫门前
来回踱着一个哨兵。

"老总,告诉我,
大人起得早不早?"
"不知道。走开吧!
我们按规定不能说话!"
我给了他一个银双角。
"省长有个门房,
你找他才行。"
"他在哪儿?叫什么名?"
"叫马卡儿·菲德谢奇……
你上台阶去找吧!"
走上台阶,还锁着门,
我坐在台阶上想心事……
天蒙蒙亮了,

一个工人扛着梯子走来,
在广场上吹熄了
两盏半明不灭的灯。

"喂!谁让你坐在这儿?"

我惊跳起来:
门口站着一个
披长袍的秃头的人。
我忙把一个卢布
递给马卡儿·菲德谢奇,
向他一鞠躬:

"我有件要紧事,
死也要见省长!"

"本来不能放你进……
不过……也可以通融……
你待会儿再来吧……
再过两点钟……"

我出了门,慢慢溜达……
有个铜铸的庄稼汉
立在广场上,
和萨威里爷爷一模一样。
"这是谁的铜像?"

"是伊凡·苏萨宁。"
我在他面前待了一阵儿,
又慢慢儿走上市场。
在市场上我吓了一大跳,
怎么回事?说出来,
你们大概会发笑:
一只大灰鸭
从小厨工手里逃掉了,
小家伙在后头撵,
撵得它嘎嘎大叫,
只有在刀口下
才会发出这种叫声!
听了这刺耳钻心的叫声,
我差点儿摔倒了。
鸭子被逮住了!
它伸长了脖子,
威胁地嘘着气,
这可怜的东西,
以为能把厨工吓倒。
我急急地跑开了,心想:
到了厨子刀下,
它就不叫了!

我回到省长宫,
这一回看清楚了:
阳台、高塔、台阶,

铺着好阔气的地毯。
我瞧了瞧窗户:
全都挂着窗帘。
"哪扇窗里是你寝室?
大人,你做的什么梦?
睡得甜不甜?……"

我悄悄儿往门房走,
顺一边儿上台阶,——
不敢踩地毯。

"大嫂,来得好早!"

马卡儿·菲德谢奇
又把我吓了一跳,
认不出他来了:
穿上了镶金绣花制服,
手握着守门人的槌杖,
胡子剃了个精光,
秃顶也看不见了。
他笑:"你哆嗦什么?"
"大叔,我跑累了!"

"甭害怕,上帝慈悲!
你再添上一卢布,
我一定为你效劳!"

我又给了一卢布。
"先到我屋里歇歇,
喝上一杯茶。"

小房间在楼梯底下:
摆着床、铁火炉、
茶炊、大烛台,
屋角点着盏神灯,
墙上挂着画。
"瞧,"马卡儿用指头
弹了弹一张军人的像
(怪神气的,挂满了勋章):
"这就是省长阁下!"

我问:"他仁慈吗?"

"那得看情绪如何!
今儿个我也怪仁慈,
有时候我像狗一样恶!"

"大叔,你闷得慌吗?"

"闷倒不觉得闷,
只是要顶得住困!
晚上省长和别人走了,

睡魔就到我屋里来,
和我干一仗!
我干了十年仗了。
酒喝多了,烟抽足了,
炉子烧得通红了,
蜡烛结满烛花了,——
要顶住可不易!……"

我记起了老爷爷说的
壮士的坚忍。
"大叔,"我说道,
"敢情你是个壮士!"

"我倒算不上壮士,
不过,谁要抗不住困,
没资格自夸有力气!"

有人敲房门,
马卡儿忙出去了……
我坐着等了好久,
等得着了急。
轻轻推门瞧一瞧,
大门前已经备好车马。
"省长出门吗?""省长夫人!"
马卡儿回答了我,
慌忙往楼梯口迎。

只见楼上走下来
一位穿貂皮大衣的太太，
还有个官员后头跟。

我还不知自己在干啥，
已经扑到了她跟前，
（想必是圣母暗中指点！……）
我喊道："救救我们！
他们拉走了孩子的爹，
拉走了养活全家的人……
昧着良心欺负人，
办事太不公！"

"亲爱的，你从哪儿来？"

我答得合不合适，
我不知道……忽然间，
心口底下一阵难忍的痛……

我苏醒过来的时候，
已经躺在床上，
房间阔气又敞亮。
对面坐着个奶妈，
打扮得可漂亮，
头上戴着花帽，
怀里抱着婴儿。

"美人儿!谁的孩子?"
"是你的!"我亲了亲
我新生的儿……

当我跪在夫人跟前,
当我哭诉我的苦情,
一夜来的劳累,
一路上的困乏,
一下子都发作了,
我的日子提前了!
多亏省长夫人
叶莲娜·阿历山德罗芙娜,
我真心感谢她,
像感谢我的娘!
她亲自给孩子命名,
叫他做辽朵尔……

"你丈夫怎么啦?"

——派人到立锥村去了,
把事情全都查清了,
菲利普也得了救。
叶莲娜·阿历山德罗芙娜
(愿上帝赐福给她!)
亲自牵着菲利普的手,
　带他到我面前。

259

夫人真是好心肠，
聪明、漂亮又健康，
可上帝却没给她儿女！
我在她家做客的日子，
她成天价疼小辽朵尔，
跟亲生儿子一个样。

我们回家的时候，
白桦树已经露了芽，
春天来到了大地上……

  上帝的世界
  美好而光明，
  我们的心上
  轻松又高兴。

  我们走一程，
  停一停，
  瞧树林，
  树林青森森，
  瞧牧场，
  牧场绿如茵，
  听春水，
  春水哗哗流，
  听百灵，
  歌声如银铃！

我们站一站，
瞧一瞧，
两双眼睛遇到了，
相对微微笑，
小辽朵尔
也朝我们笑！

路上见到了
要饭的老头儿，
掏个戈比送给他，
我们说：
"不要祝福我们，
老人家，
请你祝福叶莲娜——
美丽的夫人
阿历山德罗芙娜！"

路上见到了
上帝的教堂，
我们朝教堂
把十字画了又画：
"求上帝
把快乐和福气
赐给她，
赐给好心的
阿历山德罗芙娜！"

树林青森森，
牧场绿如茵，
一片洼地——
一面明镜！
上帝的世界
美好而光明，
我们的心上
轻松又高兴。
我像只鹌鹑
在草地跑跳，
我像只天鹅
在水面游泳。

我像只鸽子
飞回了家中，
公公向我鞠躬，
婆婆向我鞠躬，
大伯向我鞠躬，
姑爷向我鞠躬，
向我鞠躬，
向我赔不是。
你们不要鞠躬，
你们请坐下，
你们听着我，
听着我的话：

向她鞠躬吧,
她比我心肠好,
赞美她吧,
她比我力量大。
赞美谁?——
赞美省长夫人,
赞美好心的
阿历山德罗芙娜!

第八章　女人的传说

吉莫菲芙娜住了声。
咱们的出门人
自然不错过机会,
为了省长夫人的健康,
大家又干了一杯。
他们看见女主人
倚在麦秸垛上,
就一个个走到她跟前:
"往后怎么样?"

"你们已经知道了:
打那时候起,
大家都管玛特辽娜
叫做幸福的女人,
外号叫'省长夫人'……
往后怎么样?
操持家务,养育孩子……
你们也该知道,
这得操多少心,——

五个儿子哩!
庄稼汉兵役服不完,
已经抽了一名壮丁!"

吉莫菲芙娜眨了眨眼,
美丽的睫毛闪了一闪,
连忙转向麦秸垛,
低头不出声。
庄稼汉们犯了犹豫,
交头接耳了一会儿,
才说:"大嫂子,
还有什么告诉我们?"

"你们想的真不是事儿——
在女人中找幸福的人!⋯⋯"

"你全讲完了吗?"

——还给你们讲什么?
莫非给你们讲讲,
上帝带着瘟病
三次降临我们村,
还两次烧光了我的家?
我们苦撑苦熬,做牛做马,
过日子就像牲口拉犁耙!⋯⋯
只差没有挨脚踩,

没有挨捆绑,
没有挨针扎……
还给你们讲什么?
我答应过敞开心来谈,
看来我没做到,——
乡亲们,原谅我!
我的苦情啊,
不是山崩石裂
向我头顶上落,
不是上帝发怒
用天雷来打我,
我心中的风风雨雨呀,
看不见,听不着,
叫我怎么说?
受辱的母亲
像条被践踏的蛇,
眼睁睁地忍受了
头生儿子的血……
我挨了多少鞭子,
我蒙了多少不白之冤!
只有一样罪没遭过,——
幸亏白面包柯夫死了,
我才没遭到
最难堪的侮辱!
可是你们呢,
却到我这儿来找幸福,

乡亲们，这真是嘲弄我！
你们去找官吏吧，
你们去找大臣吧，
你们去找沙皇吧，
但是不要访女人。
上帝为证：寻访女人，
一辈子也不会有结果！
有个修行的老妇人
在我家住过一宿，
这个枯瘦的老修女
一辈子苦行吃长素；
她在耶稣墓前做过祷告，
登上过雅松山，
在约旦河里洗过澡①……
这虔诚的修女告诉我：
"女人幸福的钥匙，
女人自由的钥匙，
让上帝自己丢失了！
修行的隐士们、贞女们，
熟读万卷经书的哲人们
找来找去没找到！
钥匙真的不见了，
想必是叫鱼吞吃了……

---

① 据基督教传说，耶稣墓在耶路撒冷；雅松山在希腊，是基督教的一个宗教中心，寺院很多；约旦河流经巴勒斯坦，传说耶稣曾在河中受洗。

上帝的战士们
忍着饿,挨着冻,
又疲倦,又瘦弱,
套着苦行的铁链,
走遍了城市和荒郊,
他们问了巫师,
他们测了星象,
钥匙还是找不到!
他们又寻遍了世界,
上高山,下深渊,
终于找到一串钥匙,
那串钥匙是无价宝,
可惜不是我们的!
上帝挑选的勇士
找到那串钥匙,
是一件大功劳,——
用它打开了一座座监牢,
放出了奴隶和囚犯,
世界轻松地吐了口气,
好像一股快乐的风!……
可是女人自由的钥匙
却还是没找到!
伟大的战士们
直到今天还在奔忙,
下海底,上青天,
钥匙还是找不见!

哪儿还找得到呢？
那串宝贵的钥匙
究竟让哪条鱼吞了，
而那条鱼儿
又游到了哪个海洋，——
上帝已经忘掉了！……"

最末一个地主

第 一 章

彼得节。好热的天。
处处割草忙。

这一日,七个出门人
来到了文盲省,老粗乡,
经过一个贫穷的村庄,——
名叫大老粗村的,
走到伏尔加河岸上……
海鸥在水面上飞翔,
麻鹬在浅水里踱步。
河滩上广阔的草地,
像录事官昨儿个晚上
新刮的腮帮子那么光。
草地上站着一些
"沃尔恭公爵"们①,
身边围着它们的儿子②,——

---

① 草垛。——作者原注
② 草捆。——作者原注

这些儿子也出奇,
比它们的老子先出世。

八洪老爹说:
"这儿的老乡真是壮士!
一镰刀砍得那么宽!"①
顾丙兄弟哧哧地笑:
他俩老早就看到,
干草垛顶上有条大汉
捧着个木罐在喝水;
还有个女人拿着草杈,
抬头瞧着,等他喝完。
出门人走到草垛边,——
这老兄还在一个劲儿嗬!
他们再走了五十来步,
大家一齐回头看:
大汉还是照老样儿,
仰着脖子站在上头,
双手举着的木罐
已经底儿朝天……

河滩上支着帐篷,
有些个老太婆
守着牲口和空的大车,

---

① 俄国人用长柄大镰刀割饲料草,割草时挥刀横砍。

小孩儿也在河滩上玩。
那边,割光的草地尽头,
割草的人一大群!
看,白的是女人衣衫,
杂色的是男人衣衫,
听,人声嘈杂,
镰刀响得多么欢!
"上帝帮助你们!"
"多谢了,朋友们!"

七个出门人站着看。
割草的都是好把式,
几十把镰刀一齐砍:
镰刀一举闪白光,
镰刀一落铿锵响,
只见青草一阵颤,
唰一声倒下一大片!

伏尔加河滩地,
青草齐腰深,
割起来真得劲!
出门人看得手发痒:
"好久没干活了,
来,今儿干它一场!"
他们接过了
七个娘儿们的镰刀,

丢生了的手艺醒来了,
越干越酣畅!
双手干得多么勤快,
好像闲了许久的牙齿
忽然吃上了饭!
他们一面割草一面唱,
唱的是风雪的调子,
这支歌本地人没听见过,
这支歌来自他们家乡:
补丁村、破烂儿村、
赤脚村、挨冻村、
焦土村、空肚村,
还有一个灾荒庄……

干累了,过足了瘾,
在草垛边坐下来吃早饭……

"朋友们,打哪儿来?
上帝引你们向何方?"
一位头发花白的老汉
(老娘儿们管他叫符拉司),
这样问七个出门人。

"我们……"出门人说,
可忽然又打住了,——
他们听见有音乐声!

"我们的地主来出游了!"
符拉司说着,
忙奔向干活的人群:
"大家加把劲儿!
动作整齐点儿!
最要紧的是,
不要把地主惹火了。
地主动气,就快弯腰;
地主夸奖,就喊'乌拉'……
喂,老娘儿们别吵吵!"
另外一个汉子,
矮墩墩的身材,
大而宽的胡子,
对众人发号施令
(讲的也是这一套),
然后穿上了长袍,
跑去迎接老爷了。
看到七个慌张的出门人,
他一面跑一面嚷:
"什么人?快脱帽!"

三条游艇靠岸了。——
一条坐着音乐师和家仆;
另一条坐着个老保姆,
抱着婴儿的胖奶妈,
还有不吱声的女食客;

第三条船上尽是地主：
两个漂亮的少奶奶
（瘦的长着金头发，
胖的长着黑眉毛），
两个蓄小胡子的少东家，
三个差不多大的小少爷，
还有一个精瘦的老头儿，
全身皆白，像冬天的野兔，
大盖帽也是白的，
围着一道红呢子。①
一个弯弯的鹰嘴鼻，
两撇长长的灰胡子，
两只不一样的眼珠：
一只好眼珠贼亮，
左眼却浑浊无光，
像粒锡纽扣！

还有几条小叭儿狗，
蓬蓬松松的白毛，
又细又短的腿儿……

老头儿爬上岸来，
坐在一张红毛毯上
休息了好久，

---

① 沙俄贵族阶级的制帽。

然后去看割草,——
两个少东家搀着他,
两个少奶奶扶着他,
后面跟着小少爷们、
保姆、奶妈、食客们,
外加小叭儿狗。
老地主领着全班人马,
把整个割草场
巡视了一周。
农民都深深鞠躬,
村正(出门人看得出
那个矮个儿是村正)
老围着地主转,
好像魔鬼逢到晨祷时候
那么毕恭毕敬:
"是!是!遵命!"
他对地主鞠躬不停,
就差没磕头!

老地主用手指头
戳戳一个大草垛
(是今天新堆起来的),
认为草太潮,光了火:
"想让主人的财富烂掉?
哼,滑头东西!
看我叫你们服苦役,

叫你们骨头都烂掉!
马上重新晒过!……"
村正手忙脚乱:
"是太潮,是我的错,
是我检查不严!"
召集大家,拿起草杈,
当着地主的面,
把这个巨大的草垛
一绺一绺地摊开了,
老地主气儿才消。

(七个出门人摸了摸:
干干的草!)

一个老仆人拿着餐巾,
一瘸一拐跑过来:
"老爷,请用饭!"
老地主检查已完,
便领着全班人马——
领着小少爷们、
保姆、奶妈、食客们,
外加叭儿狗们,
一同去吃饭。
船上奏起一阵音乐
来迎接老爷,
铺白布的餐桌

就摆在河岸边……

咱们的出门人莫名其妙,
一股劲儿缠着符拉司:
"老大爷!你们这儿
兴的是什么怪章程?
这是个什么怪老人?"

"是我们的地主
乌鸭金公爵。"

"他抖什么威风?
今儿已经是新章程,
可他还照老样,
在这儿瞎胡来:
青草晒得这么干,
还叫人重新晒!"

"更古怪的是:
这草并不是他的,
草地也不是他的!"

"是谁的呢?"

"我们村的!"

"那他管什么闲事?
难道你们不是自由人?"

"不,多承上帝关照,
我们也是自由农民,
我们这儿和人家一样,
兴的也是新章程,
就有一条特别规矩……"

"是什么规矩呢?"

老汉往草垛边一躺,
再也不吭声。
出门人也坐到草垛旁,
念念有词道:
"喂!自己开饭的桌布,
招待招待庄稼佬!"
于是桌布铺开了,
不知是从哪儿
现出一双粗壮的手,
捧上了一桶酒,
摆上了一大堆面包,
然后又不见了……

给老汉倒了一杯酒,
七个出门人又缠上了:

"老大爷,你要瞧得起,
就请给我们讲讲,
这儿有什么特别规矩?"

"没要紧的闲事,
有什么可讲的?……
倒是你们说说,
你们是谁?打哪儿来?
上帝引你们上哪儿去?"

"我们是外地人,
为了一件要紧事,
出门已经很久了。
我们心里有个疙瘩,
这桩心事大得很,
弄得我们忘了吃喝,
弄得我们扔下农活,
离开了家乡出远门……"

说到这儿就打住了。

"到处奔波为的什么?"

"不想说了!吃饱了,
现在该休息一阵。"
七个人躺下了,不吭声!

"像话吗？起了头，
就别留半截儿！"
"你倒不留半截儿？
我们可不学你的样，
告诉你吧，老大爷，
我们寻找的是：
不挨鞭子省，
不受压榨乡，
不饿肚子村！……"①
接着出门人又说，
他们如何碰到一块儿，
如何争吵，如何打架，
如何立下誓愿，
又如何到处去寻访，
访遍了勒紧裤带省，
访遍了开枪镇压省：
谁在俄罗斯能过好日子，
过得幸福又舒畅？

符拉司一边听，

---

① 在作者手稿中，这段话下面还有以下四行诗：
"唉，你在哪儿呀，
幸福的不饿肚子村？
我们走哪条道路，
才能走到你身旁？……"

一边把他们上下打量,
到末了儿他说:
"你们也真是一群怪人!
我们干的事已经够古怪,
谁知你们比我们还古怪!"

"你们究竟是怎么回事?
再来一杯吧,老大爷!"

两杯烧酒落了肚,
符拉司的话匣子才打开……

第 二 章

——我们的地主与众不同,
他家财多得数不清,
他官位显赫,门第高贵,
一辈子为所欲为……
忽然晴天一声霹雳,——
说什么他也不相信:
"撒谎!全是土匪!"
他撵走了调停吏,
轰走了警察局长,
自己还是照旧横行。
他变得疑心特别重,
谁要不对他鞠躬,
他就使鞭子抽!
省长亲自来给他解释,
两人争了大半天。
在宴会的时候,
家奴们都听见了
老爷恼怒的声音。
因为过度激愤,

当天晚上他中了风,
半身不遂,面如土色!
你们说这值不值?
毁了他的不是吝啬,
而是面子和骄傲,——
他经济上的损失
不过是一粒灰尘……

米特罗多说:"瞧瞧,
地主的习惯多顽固!"

"不但是地主习惯顽固,
农奴的习惯也难改呀,"
八洪说,"有一回,
我因嫌疑坐了牢。
在监牢里碰到了
一个古怪的庄稼佬,
名字叫西多尔,
好像是偷马判的罪。
他关在监牢里,
还寄钱给地主,
按期把租交!
(囚犯的收入有多少?——
无非是人家施舍点儿,
做点小物件卖,
捎带偷点儿摸点儿。)

别的犯人都笑他:
'把你发配到流放地,
这些钱不都白交了?'
他却说:'还是交了的好。'……"

"接着讲吧,老大爷!"

——一粒灰尘事情小,
落在眼睛里就是大事情。
橡树倒在大海里,
大海也会泪纷纷。
老头儿躺着不省人事,
大伙都估摸他活不成!
他的儿子赶回来了,——
两个黑胡子的近卫军。
(你们刚才看见过了,
那两个漂亮的少奶奶
就是他们的老婆。)
长子代替父亲,
和调停吏一起
拟订了主农关系条例①……
猛不防老头儿起了身!
上帝呀!只消提起一个字儿,
他就像受伤的野兽一样,

① 在签订赎地契约前,确定地主与暂时义务农之间关系的文件。

直扑上来,大发雷霆!
这都是不久前的事儿,
我那时候当村正,
恰好上他那儿去,
亲耳听见他在骂地主们,——
我一字一句全记得:
"犹太人出卖了耶稣,
落得个人人唾骂;
而你们出卖了什么?——
我们贵族阶级
世世代代的尊严权利,
都叫你们出卖干净!……"
他对儿子们说:
"你们这些卑鄙的懦夫!
不是我的子孙!
只有那些下等人——
神父子弟出身的学生,
受了人家的贿赂,
才去讨好农奴,——
对他们还可以原谅!
可你们!——小乌鸭金公爵!
你们也配姓乌——鸭——金?
滚出去!……小杂种!……
不是我的子孙!"

两个继承人着了慌:

可别叫老头儿临终
剥夺了他们的继承权!
老头儿有多少金和银!
有多少地产和树林!
想想吧,这些家产
将会落到谁手里?
老公爵有三个私生女,
都在彼得堡嫁了将军,
保不准儿给了她们!

老公爵又病倒了……
现在只要想出办法
赢得时间就行……
其中一个少奶奶
(大概是金发的那个,
听说她常常用刷子,
给可怜的老头儿
摩擦麻痹的左半身),
信口骗老头儿说:
已经下了新诏书,——
农奴全部归地主!

老头儿信了!他中风后,
变得比小孩儿还糊涂!
他高兴得哭了一场,
领着全家拜了圣像,

下令举行感恩礼拜,
敲钟来庆祝!

这一下老头又来了劲儿,
恢复了打猎和音乐,
动不动就棒打家奴,
动不动就集合农奴。

自然咯,少东家们
和家奴都串通好了,
可是有个老家奴
根本就用不着说服
(就是刚才拿着餐巾
跑来的那个老头儿,
他名叫依巴特),——
这老兄死心塌地
崇拜老地主!
准备解放农奴的时候,
他压根儿不相信:
"叫乌鸭金公爵
丢光领地和农奴?
办不到!简直是胡闹!"
后来"法令"①公布了,
依巴特说:"你们去自由吧,

---

① 指沙皇政府颁布的关于农民摆脱农奴制依附关系的法令。

我可没有二话,
永远是乌鸦金的奴仆!"
依巴特实在忘不了
公爵老爷的恩典!
他的童年、青年和老年
都有可笑的典故
(我有事去见老爷,
常常要等好久……
他这些故事,不听也得听,
我听了足有一百遍):
"当我小的时候,
咱们亲爱的小公爵
亲手给我套上缰绳、笼头,
叫我拉他的小车走。
我长成了小伙子,
公爵放寒假回来,
那天多喝了几杯酒,
就把我这下贱的奴才
放进冰窟窿洗了个澡!
说也奇怪!两个冰窟窿,——
他用渔网装着我,
打这个窟窿放下去,
从那个窟窿提上来,
还赏我喝了一碗酒。
后来我老了,
冬天随公爵出门游,

冰雪封冻路太窄,
拉雪橇的五匹马
排成单行走。
公爵的花样可真多!——
有一回他灵机一动,
叫我这下贱的奴才,
骑上领头的马,
在马背上拉提琴。
他是多么爱音乐啊!
'拉吧,依巴特!'
又命令赶车的:'快,快!'
那天的风雪实在大,
我两手拉提琴,
不能抓缰绳,
偏偏马又老打滑,——
最后我一跤摔下了马!
当然咯,雪橇打我身上
照直轧了过去。
轧坏了我的胸脯,
那倒还不算啥;
可就是扛不住冷,
非冻死不成,毫无办法!
四面只有一片冰雪……
我望着满天星星,
忏悔自己的罪孽……
后来怎么着?你猜猜!

我听得一阵铃声,
越来越近,越来越响!
公爵回来了!"(说到这儿,
老家奴泪如雨下。
不论他讲多少遍,
讲到这儿非哭不行!)
"他给我披上外套,
把我这下贱的奴才
安置在他贵体旁边,
用雪橇拉回了家!"

七个出门人哈哈大笑……
符拉司喝了第四杯酒,
继续说道:少东家们
向全村的农民央告:
"我们很可怜老父亲,
他受不了现在的新章程。
大家照顾照顾他吧!
不要作声,向他鞠躬,
不要和这位病人顶撞。
我们一定报答你们:
你们服了劳役,
出了额外的工,
甚至于挨了他的骂,
我们都将给予赔偿。
可怜的老人活不久了,

医生亲口告诉我们:
至多还有两三个月的命。
依了我们吧,帮帮忙!
我们把伏尔加河滩上
那片草地送给你们,
错不了的!我们马上
打个条子给调停吏!"

村社开会,一片闹哄哄!

草地(就是咱们坐的这块)、
烧酒、加上三大箩诺言,
终于使村社同意了:
在老地主没死之前,
谁也不吭声。
我们去找调停吏,
他笑了:"倒是桩好事!
而草地也挺肥美,——
胡闹去吧,上帝宽恕你们!
大家知道,在俄罗斯,
向来就不禁止人
沉默和鞠躬!"
可是我却不干:
"你们庄户百姓,
倒没什么为难,
可叫我怎么办?——

不管出了什么事，
村正都得去见老爷；
老爷有什么打算，
也都得找村正！
糊里糊涂的问话，
叫我怎么回答？
荒里荒唐的命令，
叫我如何执行？"

"你只消脱帽站着，
不要吭声光鞠躬，
完了就一走了事。——
只剩一口气的病老头儿，
他啥也记不清！"

倒也是实话。
糊弄一个疯子，
不是什么难事情。
可是老实说，
我不想当这小丑。
我这一辈子
站在老爷门口，
已经低声下气够了！……
我对大伙鞠了一躬：
"既然村社同意
让这个下了台的地主

在临死的日子里,
再耍几天威风,——
那我也服从大家。
可就是有一条:
免了我的差事吧!"

事儿差点就谈不成,
还是克里姆·拉文
解决了这个难题:
"你们举我当村正吧!
我可以打包票,
叫你们和老头两满意。
最末一个地主
很快就会见上帝。
那一大片草地
就归了咱们村。
那时该有多么美!
咱们把那片地
好好儿侍弄侍弄,
管保叫全村人
乐得合不上嘴!"

大伙考虑了好久。
克里姆是个糟糕货:
酒鬼,江湖郎中,
游手好闲,不务正业,

爱和吉卜赛人鬼混，
手脚不干净。
他讥笑劳动人：
"你们成天受大累，
赚不来家产，
赚来个驼背！"
不过，他能写会算，
到过莫斯科和彼得堡，
还跟着一帮买卖人
上过西伯利亚，
（可惜没有一去不回！）
他精明得很，
可是从不存一文钱；
他诡计多端，
可是常碰一鼻子灰。
咋咋呼呼的家伙！
也不知从哪儿
新鲜词儿学来一大堆：
什么"祖国"啦，
"故都莫斯科"啦，
"大俄罗斯精神"啦。
一边扯起嗓门嚷嚷：
"我是俄罗斯农民！"
一边端起酒碗，
先碰一碰脑门，
脖子一直就喝半升！

只要给他酒喝,
他像挂在墙上的洗手壶,
对谁都点头哈腰;
他自个儿有了钱,
就拉上碰见的第一个人,
把兜里的钱全喝掉。
吹牛皮,嚼舌头,
不论什么破烂货,
他专拿好的一面给你看。
他吹的法螺有三大箩,
要是牛皮叫人戳穿了,
他会说句俗话来解嘲:
"琴师挨耳光,
只为弹正调!"

大伙考虑的结果,
仍旧叫我当村正
(如今还是我在管村社)。
可是在老地主面前,
却让克里姆
充村正的角色。
好嘛!什么样儿的老爷,
就有什么样儿的村正,
既然是最末一个地主,
就配上个最次的货!

克里姆长着泥塑的良心,
却长着商人米宁式的连腮胡,
看上去使人觉得,
这样规矩庄重的庄稼人
找不出第二个。
少东家们给他裁了衣服,
于是混混儿克里姆
披上长袍,摇身一变,
变成了"村正克里姆"——
俨然一品人物!

一切都按老章程!
上帝也真会捉弄人,
他给最末一个地主
宽限了时辰!
这老头每天出来转游一遭,
弹簧马车打村里过:
"站起来!脱帽!"
他会莫名其妙地抓住你,
连骂带熊,气势汹汹,
你可不能吭声!
我们在种自己的份地,
叫他看见又臭骂一通:
"懒骨头!成天睡大觉!"
其实我们往年
种老爷的地,

从来没种得这么好。
最末一个地主
做梦也想不到：
这早已不是老爷的地，
而是我们的了！
当我们聚在一起，
那可真有得笑！
谁都说疯地主的笑话，——
我估摸老东西
耳朵准得发烧！
还有"村正克里姆"
神气十足地踱过来，
（在老爷台阶边擦过痒，
蠢猪的地位也提高！）
他扯起嗓子喊道：
"全领地的居民听令！"
好吧，不妨听一听：
"我向老爷禀明，
寡妇节连节芙娜
茅屋业已坍倒，
寡妇无以为生，
如今沿街乞讨。
于是老爷下令：
着格夫利·若霍夫
娶该寡妇为妻，
即将茅屋修好，

在其中繁殖子孙，
并为老爷效劳。"
那寡妇七十来岁了，
新郎却只有六岁！
当然，一场哄堂大笑！……
又是一道命令：
"昨天日出之前，
牛群经过门口，
蠢牛大叫连声，
老爷清梦被扰。
为此命令牧人
对牛严加管束，
不准开口再叫！"
全村人又哈哈笑。
"笑什么？上头的命令
什么样的没有哇？
听说在雅库茨克
有位将军当了省长，
他下令判牛死刑！
大家只好服从，
把牛插在尖桩子上，
弄得沿街都立着死牛，
就像彼得堡
沿街立着铜像。
直到后来才弄清，
原来省长发了疯！"

又是一道命令：
"梭弗龙诺夫上士
负责巡夜打更，
其狗冲老爷吠，
态度实属不恭。
上士着即撤职，
庄园更夫职务
由叶辽麻担任！"
庄稼汉们笑痛了肚子：
这叶辽麻是个傻子，
生来又哑又聋！

克里姆可满意了。
这份差事正对他胃口！
他东跑西颠，事事过问，
古怪名堂多得很，
连酒都喝得少些了！
还有个机灵的娘儿们，
叫俄列菲芙娜的，
是克里姆的干亲，
克里姆就跟她一同
糊弄老地主。
村里的娘儿们可交了运！——
成天价带着麻布，
带着草莓和蘑菇，
上地主家去串门儿。

少奶奶们什么都买,
还请她们吃一顿!

我们胡闹着,逗着,
结果有一天,
终究逗出了祸:
有个倔头愣脑的庄稼汉,
叫阿嘎普·彼得罗夫,
他老是骂我们:
"咳,你们这些庄稼汉!
连沙皇都发了慈悲,
你们还自找枷锁戴……
让那块草地去见鬼!
我可不服老爷管!……"
只有给他一升酒,
才能叫他安静下来
(这位老兄也挺贪杯)。
可是魔鬼偏偏叫他
碰上了老爷。
阿嘎普扛着一根木料,
(这蠢材,晚上偷不够,
大白天来偷木材!)
迎面来了一辆马车,
上面坐的正是老爷!
"奴才!上好的木料,
你从哪儿弄来的?……"

其实他不问也明白。
阿嘎普不吭声,——
木料本是老爷林里的,
有什么话可说!
可是老东西也太凶,
恶言毒语没个完,
还把贵族的特权
唠唠叨叨数给他听!

庄稼汉们最能忍,
可是他们的忍耐
也有到头的时候!
阿嘎普大早出门,
到现在肚里正发空,
本来已经怪难受,
偏偏老爷又训话,
像只赶不走的苍蝇,
老在耳边嗡嗡嗡……

阿嘎普仰天大笑!
"哈哈!你这个小丑,
住口!"——他也骂开了!
最末一个地主这下子
不但自个儿遭了报应,
还替祖宗八辈儿遭了报应!
庄稼汉的怒火啊,

今天才自由地吐出来！……
上等人骂一句，
好比蚊子叮一口；
农奴骂一声，
好比劈面一斧头！
老爷愣住了！——
哪怕枪弹像飞蝗，
哪怕石块如暴雨，
都比这好受！
他的亲属也愣住了，
少奶奶们想去拉阿嘎普，
却被他一声喝住：
"谁敢上前我就揍！……
脏水桶底的渣滓，
也翻到上面来抖威风！
呸！你给我住口！
农民再不归地主管了。
你是最末一个地主！
你是个地主尾子！
全靠庄稼汉做蠢事，
全靠庄稼汉照顾你，
你今儿才能作威作福；
赶明儿我们给你
照屁股一脚，
滑稽戏就收了场！
回家去吧，夹起尾巴，

在自己屋里转游转游,
不要再惹我们!
你给我住口!……"

"你! ——反了!"
老头儿浑身抖颤,
嘶声迸出这么一句,
就倒在地上翻白眼!
黑胡子的近卫军们想:
"这回该伸腿了!"
漂亮的少奶奶们想:
"这回该完蛋了!"——
错了,——还没完蛋!

下了道命令:
阿嘎普犯上不敬,
情节亘古未闻,
着即召集全村,
由老爷监督用刑!
少东家和少奶奶可急坏了,
连忙找阿嘎普、
我和克里姆:
"做做好事! 救救命!"
他们脸都急白了,
"要是骗局戳穿了,
我们就全完了!"

克里姆这下活动开了,
他拉阿嘎普去喝酒,
一直喝到掌灯;
然后搂着他脖子,
在村里逛到三更;
三更后又灌了他半宿,
把灌醉了的阿嘎普
领进了地主庄园门。
一切都挺顺溜:
最末一个地主气垮了,
下不了台阶,——
算克里姆走运!

克里姆这滑头,
把罪人领进马厩,
面前摆上一升酒:
"你一边喝,一边嚷嚷:
亲爹呀!亲娘呀!饶命!"
阿嘎普照办了,
嗬,号得可真凶!
对于最末一个地主,
这号叫比音乐还好听!
他一边听一边打拍子:
"狠——抽!土——匪!
狠——抽!反——贼!"
我们都憋不住笑。

阿嘎普装着挨藤条,
号得一点儿不打折扣,
直到喝完了一升酒。
当四个汉子
把阿嘎普抬出马厩,
他已经醉得像个死尸。
连老爷也动了怜悯,
怪好心地说道:
"阿嘎普,你真是自己找罪受!"

"倒是个好心肠的老爷!"
蒲洛夫插了句嘴。
符拉司答道:"俗话说:
粮食是进了仓的好,
老爷数进了棺材的好!
尽管我们老爷不算毒,
总不如他见了上帝的好……
唉,阿嘎普死得糊涂……"

"怎么?他死了?"

——是啊,伙计们,
几乎当天就死掉了。
天傍黑他哼哼开了,
三更天请来了神父,
天傍亮就一命呜呼!

我们把他埋进土,
插了个十字架……
怎么死的?天知道!
我们不但没用藤条打他,
连指头也没有碰过他。
虽说如此,我们总觉得,
要是不出这回事,
阿嘎普死不了!
这老兄脾气太倔,
不爱对人低头,
可我们偏叫他趴下讨饶!
就算结果挺顺溜,
阿嘎普心里也烦恼:
"再犟下去全村人不依,
惹恼了这批傻瓜,
那可受不了!"
大伙儿都唱一个调儿:
两位少奶奶
几乎要和阿嘎普亲嘴,
塞给他的钱
准保有五十卢布;
尤其是丧天良的克里姆,
灌了他一天烧酒,
活活把他折腾死了!……
瞧,他们吃完饭了,
老爷派了个人过来,

准是来叫村正。
我也去看热闹!

第 三 章

七个出门人跟着符拉司,
有些娘儿们和小伙子
也跟着他们,——
恰好是歇晌的时刻,
看热闹的聚了一大群。
他们恭敬地远远站住,
没有太靠近……

雪白的长餐桌上,
摆满了各种菜肴,
摆满了许多酒瓶。
老爷们按序坐着:
上首是老公爵,
白衣服,白头发,
一副扭歪的面孔,
两只不同的眼睛。
有个银白的十字章
在纽扣孔里挂着。
(符拉司说:那玩意儿

叫常胜乔治十字勋章。)
忠心的家奴依巴特
系着个白领结,
站在他椅子背后,
替他赶苍蝇。
老公爵左右
坐着两个少奶奶:
一个长着黑头发,
甜菜头似的红嘴唇,
苹果般的大眼睛;
另一个长着金头发,
发辫披散着,
在阳光照耀下,
闪闪如黄金!
三个打扮漂亮的小少爷,
坐在三把高椅子上,
脖子上都系着餐巾,
老保姆侍候着他们。
再靠边是家人、食客:
家庭女教师们,
贫穷的贵族女人们。
在老地主对面
坐着他的两个儿子——
黑胡子近卫军。

每张椅子背后，
都有个丫鬟或女佣
手执树枝赶苍蝇。
桌子底下是小叭儿狗，
长着蓬蓬松松的白毛，
小少爷们在逗它们耍……

村正脱了帽子，
站在老爷面前。
老地主边吃边问：
"几时能把草割完？"

"那得听您的吩咐了：
按规矩，我们每礼拜
替老爷服役三天，
每户出一名男丁、一匹马、
一个半大小子或妇人，
外加半个老太婆。
我们这个礼拜
已经干完了老爷的期限……"

"嗤！嗤！"公爵叫了起来，
仿佛识破了别人的诡计，
得意于自己的发现：

"什么叫做老爷的期限①?
你从哪儿学来的?"
他瞄着忠心的村正,
眼光像锥子一般。

村正垂下了头:
"一切请您吩咐!
只要上帝保佑,
再有两三个好晴天,
您的青草就能割完。
对不对,乡亲们? ……"
(村正把阔面孔
转向服劳役的人们。)
机灵的俄列菲芙娜——
村正的干亲家
代替众人答了话:
"这是应当应分的嘛,
克里姆,趁这好晴天,
先把老爷的草收割了,
我们的就缓一缓!"

"妇道人家,倒比你聪明!"
老地主把嘴一咧,

---

① 农奴一般每星期为地主服劳役三天,但很多地方把劳役期限延长到五六天,甚至七天,农奴只能在晚上为自己劳动。

冷不防狂笑起来：
"哈哈！傻瓜！哈哈哈！
傻瓜！十足的傻瓜！
老爷的期限！——新发明！
哈哈！傻瓜！哈哈哈！
替老爷干活的期限，
就是农奴的一生！
难道你们忘记了：
凭着上帝的恩典，
凭着古代沙皇的诏书，
凭着出身和功勋，
我是你们的主人！……"

符拉司一屁股坐下。
"你干吗？"出门人问他。
"歇会儿再说！
公爵大人说开了头，
一时半会儿下不了马！
自从传出了
解放农奴的风声，
公爵开口就是这一番话：
庄稼汉直到世界末日，
也逃不出老爷手心！……"

果然，最末一个地主
一口气讲了一点钟！

他的舌头不听使唤,
声嘶力竭,唾沫四溅!
他越讲越烦躁,
右眼抽起筋来了,
左眼猛可睁得溜圆,
像夜猫子眼睛一个样,
还滴溜溜地转!
他讲贵族阶级
世世代代的尊严权利,
他讲古老的家谱,
他讲祖先的功勋;
他威胁庄稼汉们:
如果他们胆敢造反,
沙皇必将震怒,
上帝也不容;
他严厉地命令他们:
不准三心二意,
不准调皮捣蛋,
要对主人俯首听命!

"父老哟!""村正克里姆"说,
用一种尖叫似的嗓门儿,
仿佛一想到地主,
他肚里的五脏六腑
都欢喜得乱打滚儿,
"我们庄户百姓们,

我们服从什么人？
我们敬爱什么人？
我们指望什么人？
我们的受苦就是享福，
我们的眼泪正好洗脸，
我们哪能造什么反？
一切都是老爷您的：
我们破烂的茅屋，
我们病弱的牲口，
连同我们自己，
全都属于您！
撒在地里的种子，
长在园里的瓜菜，
庄稼汉乱蓬蓬的头上
每一根儿头发，
全都属于您！
我们坟地里的祖先，
我们暖炕上的爷爷，
我们摇篮里的娃娃，
全都属于您！
我们在家也当家做主，
其实都是您网里的鱼！"

村正奉承的辞令
博得了地主欢心：
一只好眼睛

赏识地瞧着村正,
左眼也稳住了,
好像月亮停在空中。
他亲自抬起贵手,
倒了杯外国酒:"喝吧!"
这酒油腻腻,黏稠稠,
在太阳光下冒亮泡儿。
克里姆喝了眉头都不皱,
又接着说:"父老哟!
全靠您关照,
我们过日子啊,
好比在基督的怀抱。
要是没有了老爷,
我们庄稼汉
哪能过得这么好!"
(这个天生的滑头
又喝了一口外国酒。)
"没有老爷怎么得了?
贵族好比是古柏,
直挺挺站着不低头,
只有沙皇在他们之上;
农奴好比是榆木,
成天价压弯了腰,
骨头吱吱叫!
农奴天大的祸事,
对老爷不过小事一桩:

农奴脚下冰裂开了,
老爷脚下才裂点纹儿!
父老哟!领导人哟!
要是没有了地主,
我们粮食没得收,
干草也存不了!
保护者!监护人哟!
要不是老爷英明,
要不是我们愚笨,
世界早就毁灭了!
你们命里注定
该监视愚蠢的农奴;
我们命里注定
该扛活,该服从,
该为老爷做祷告!"

站在老爷背后
赶苍蝇的家奴依巴特,
冷不丁抽噎起来,
满脸上老泪横流!
"让我们为老爷祷告吧,
求上帝保佑他长寿!"
多情的奴才一边说,
一边用衰老的手
哆哆嗦嗦画了十字。
黑胡子的近卫军们

朝这忠实的奴才
酸溜溜地瞪了一眼,
可是有什么法子!——
只好脱下帽子,
跟着画了十字。
少奶奶们画了十字,
老保姆画了十字,
克里姆也画了十字……

同时他对俄列菲芙娜
挤巴挤巴眼睛,
于是,挤到人群前面的
几个老娘儿们
也画开了十字。
有一个竟学家奴的样,
吸吸溜溜抽噎起来。
(符拉司没好气地说:
"号起来了,这疯婆子,
寡妇节连节芙娜!")
这时火红的太阳
忽然钻出了云端,
一阵悠扬的音乐
飘荡在河面……

老地主感动极了,
披散着发辫的儿媳妇

连忙掏出手绢儿,
给他擦右眼的泪,
还吻了这只健康的眼。
"看看!"他得意扬扬
对儿子和媳妇们说,
"真该叫京城里那批
撒谎家和丑角来看看! ——
他们竟骂我们
是野蛮的农奴主!
叫他们来听听,
叫他们来看看! ……"

一件意外的事
打断了老爷的话,——
一个农民憋不住了,
哈哈大笑起来!

最末一个地主全身抽搐,
猛一下蹦起来!
脖子一探,右眼一瞪,
活像大山猫搜寻野物!
左眼转起来了……
"揪——出——来!
揪——住——反——贼!"

村正钻进人丛中,——

他不是在找肇祸的人,
而是在想办法应付。
他走到了最后一排,
看见七个出门人,
连忙求他们帮助:
"你们是外来人,
他能怎样你们?
哪一位上前来吧!"
咱们的出门人犯了犹豫:
有心想帮一把
这些不幸的大老粗,
怎奈这老爷又糊涂,
他要是当着众人
给你结结实实的一百棍,
岂不白吃了眼前亏?
"罗芒,你去一趟!"——
顾丙兄弟说,
"就数你喜欢地主!"

"不,你们自己去试试吧!"
咱们的七个出门人
我推你,你又推我。
克里姆啐了一口。
"符拉司,想个招儿!
这一阵儿穷对付,
可真累坏了我!"

"你刚才也真能胡扯!"

"唉,符拉司大叔!"
村正懊丧地说,
"我哪儿是胡扯?
难道咱们不是
攥在他们手心里?……
咱们活尽了寿数,
谁都得进坟墓,
进去了就没出路,
只好落地狱。——
就是到了地狱里,
咱们庄稼汉
还是得替地主干活!"

"干什么活哩,克里姆?"

"干命里注定的活:
他们在锅里煮,
我们给他添柴火!"

(庄稼汉们都乐了。)

老地主的儿子们来了:
"克里姆,怪人!

你还有工夫开玩笑!
老头儿差我们来,
他火了:半天没抓到……
究竟是谁肇的祸?"

"要是把肇祸的人
拉去见老爷,
他准把一切都搞糟!
是个富裕的农民,
平时上彼得堡做工匠,
鬼叫他这时候回家乡!
咱们这儿的怪章程,
他新来乍到看着稀罕,
一下子憋不住笑!
他老兄惹下了事,
还得我们来收场!"

"那……你就别动他,
不如大家抓个阄。
我们有赏:这儿是五卢布……"

"不行!要是抓阄,
这群人会跑个精光……"

"那你就去报告老爷,
说罪人躲起来了!"

"躲了今天,躲不了明天!
难道你们忘记了
阿嘎普死得冤枉?"

"怎么办?这不要命吗?"

"给我那张钞票!
等着!我能救你们!"
机灵的俄列菲芙娜——
村正的干亲家
忽然这样叫道。
她跑到老爷跟前,
扑通一声跪倒:
"我们的红太阳!
求您饶命吧!
是我的独生儿子,
独生儿子把气淘!
上帝让他来到世上,
就是个不懂事的傻子:
刚出澡塘就挠痒痒,
用鞋喝汤他不用勺!
他什么活都不会干,
光会露出一口白牙,
傻乎乎地笑……
天生就是这个样!

家里哪有喜兴事儿?
茅屋坍倒了,
饭也吃不上,——
可这傻子光知道笑!
给他个戈比他也笑,
敲他下脑袋他也笑,
就是这么爱笑! ……
叫我拿他怎么办?
我的好老爷啊,
傻子心里再难受,
哭到嘴边也变了笑!"

好一个机灵的娘儿们!
像在姑娘晚会上一样,
说了个滔滔不绝,
还吻着老爷的脚。
"去吧,上帝保佑!"
最末一个地主仁慈地说,
"我不跟傻子动气,
我倒要笑他愚蠢!"
"啊!你是多么好心!"
黑头发的儿媳妇说,
还轻轻抚摸着
老头儿的白头发;
黑胡子的近卫军们
也急忙来奉承,

说是:乡下的傻瓜
哪能理解贵族的话?
尤其是最末一个地主
说的话是如此聪明!
克里姆也撩起衣襟,
擦擦不识羞的眼睛,
呜咽着说:"父老!
祖宗!祖国的儿子!
您既善于惩罚,
也善于开恩!"

老头儿高兴了!
要来了冒汽儿的酒。
瓶塞子弹起老高,
打在娘儿们身上,
直吓得娘儿们
尖声叫着四处躲闪。
老头儿呵呵笑!
少奶奶们跟着他笑了,
随后是她们的丈夫,
随后是忠心的依巴特,
随后是奶妈们、保姆们,
随后大家伙儿都笑了!
草地上喜气盈盈!
少奶奶们按老爷吩咐,
给农夫们倒了酒,

给孩子们吃蜜糖饼,
给姑娘们喝甜酒,
妇人们也都喝了
一小杯白烧酒……

最末一个地主
喝着酒,碰着杯,
掐着漂亮的儿媳妇们,
"这老家伙!"符拉司说,
"他不但不吃药,
还大杯喝酒哩。
这个最末的地主
不论是发脾气,
还是寻开心,
早就没了分寸。"

伏尔加河上音乐响,
姑娘们歌舞多欢畅,
比过节还开心!
老地主也想参加
姑娘们的队伍,
但刚一站起来,
就向前扑了个空!
他儿子忙扶住老头儿,
老头儿站在原地,
随着舞步跺脚跟,

又吹口哨,又弹指头,
左眼也不老实,
转得像个车轮!

"你们为啥不跳舞?"
最末一个地主
问年轻的儿子、媳妇们,
"跳吧!"有什么法子!
他们只得随着音乐,
也跳了一圈。
老头儿嘲弄着他们,
自己还摇摇晃晃,
好像在风浪中的甲板上,
哩溜歪斜表演了几步:
好叫他们见识见识
他那个时代的舞步……
"刘芭,唱支歌!"
金发夫人不想唱,
可是拗不过老地主!

这位夫人唱得真美!
温柔悦耳的歌声
好像一阵阵春雨
打着新展开的嫩叶;
好像一阵阵和风
在夏日的黄昏

吹拂着绿草如茵……

　　在美妙的歌声里,
　　最末一个地主睡着了。
　　大家把他轻轻地
　　抬上了游艇。
　　忠心的老家奴
　　侍立在他身旁,
　　一只手打着把湖绿的伞,
　　一只手赶着蚊子和牛虻。
　　健壮的船夫们
　　静悄悄地划着,
　　音乐的声音
　　轻得不能再轻……
　　游艇平稳地荡走了……
　　金发夫人的头发
　　像一面展开的旗,
　　在风中舞弄……

　　"最末一个地主哇,"
　　村正说,"我给你面子了!
　　愿上帝保佑你!
　　你尽管抖威风,胡闹,
　　一辈子也别知道
　　农奴已经得了自由;
　　愿你在农奴的歌声里,

在家奴的音乐声里,
作为一个地主死掉!
不过要死得快点儿,
好让庄稼汉歇口气!……
兄弟们!谢谢我吧,
朝我鞠个躬!——
符拉司大叔,
我对村社功劳可不小!
站在最末的地主跟前,
简直是受洋罪!……
舌头累得酸疼,
还得憋住笑。——
那只眼睛一转起来,
可真受不了!
我瞧着它老琢磨:
'你这个单身伙计,
上哪儿去这么忙?
是自己有事,
还是为人效劳?
看样子,你弄到了
特快驿马票!……'
差点儿我就笑出来了!
我是个不牢靠的酒鬼,
我家里只有四堵墙,
连耗子都饿死了。
可是上帝为证:

哪怕给我几千卢布,
我也不愿干这苦差事,
若不是我知道!
他不过是最末一个地主,
是我牵着他鼻子跑……"

符拉司沉思着回答:
"吹什么牛!要记住:
咱们不久以前
(不仅是咱们,
不仅是全村,
而是全俄罗斯的农奴),
不是为开玩笑,
不是为赚卢布,
也不是三四个月工夫,
而是一辈子当农奴!……
咱们吹什么牛?——
世世代代的大老粗!"

可是半醉的庄稼汉们
很欣赏克里姆:
"抱起他来,往空中抛!"
抛起来了……"乌拉!"
然后,村正克里姆
又让寡妇节连节芙娜
和小格夫利坐在一起,

祝贺这对新夫妻！
庄稼汉们尽情地
胡闹了一阵，
把老爷剩下的酒和菜
吃喝了个干净，
直到天擦黑儿，
才回到村子里。
家里的人迎着他们，
报告意外的消息：
老公爵已经过了世！
"怎么那么快？"
"第二次中了风！
从船上抬下来，
已经没了气！"

吃惊的庄稼汉们
面面相觑……画了十字……
吐了一口气……
文盲省，老粗乡，
贫苦的大老粗村人，
从来没有大伙儿一齐
吐过这么长的气……

大老粗们的高兴
为时也很短促。
最末一个地主一死，

老爷的恩惠也告结束：
近卫军们连一文酒钱
也不再给大老粗！
至于河滩上那片草地，
继承人和农民
迄今为止还在打官司。
符拉司是农民的代表，
长年在莫斯科住，
也上过彼得堡……
结果呢，却是毫无！

全 村 宴

引　子

大老粗村的住户们
世世代代是庄稼汉，
也有些熬松香的工人。
村头那棵老柳树
是个不出声的见证人，
他看见大老粗们世世代代
在树下过节、开大会，
白天在树下挨皮鞭，
晚上在树下接吻、谈情，
今天又看见了全村宴
在它树荫下举行。

咱们的老相识克里姆
发起了这席全村宴，
这老兄，不论办什么事，
都要按彼得堡规矩，
他见过贵族摆酒筵，——
又讲话，又致辞，
这次他也照样办。

在横倒着的圆木上,
在盖木屋的木架上,
坐下了全村庄稼汉;
咱们的七个出门人
和村正符拉司坐在一起
(他们啥事儿都想过问)。
一决定要喝酒,
符拉司就喊他小儿子:
"快跑去请特利冯!"
到处打抽丰的特利冯
是个诵经的助祭,
村正的干亲,
他领着两个儿子来了,——
萨瓦和格利沙,
都是神学校学生。
老大萨瓦十九岁,
现在出挑的模样
已经满像个大助祭;
老二格利沙,
一张苍白清瘦的脸,
一头栗色的头发
鬈曲着,又细又软。
哥俩都是温和的
朴实的小伙子,
撒种、割麦、割草,
还有过节喝烧酒,

都不输庄稼汉。

伏尔加河流过村边,
河对岸有个不大的城,
说得准确点儿:
城已经没了影,
前天遭了一场火灾,
只剩下一堆炭。
所以过往的客商——
大老粗村的老相识们,
也在这树下歇脚,
连喂马捎带等船。
还有一批要饭的,
一个碎嘴子的女香客,
一个不吭声的游方僧,
也参加了全村宴。

这正是老公爵死的那天,
庄稼汉们哪儿料得到:
他们赚得的
不是河滩上的草地,
而是打不完的官司?
当他们干了第一杯,
首先就争了起来:
拿这块草地怎么办?

并不是整个俄罗斯
都被克扣了份地,①
也有些角角落落
碰上了好运气。
由于偶然的原因,——
地主住在外地不管事,
调停吏一时疏忽,
而主要是农民代表
用尽了心计,——
有些地方的农民
还弄到了一小块树林子。
那儿的庄稼汉可神气了!
村正敲门来收税,
到处都碰一鼻子灰,
大家答的是一句话:
"你拿树林子完税去!"
大老粗村的农民
也想把河滩上的草地
交给村正去完税,——
算过来,算过去,
够交代役租和税银了,
还许有点儿富余哩。
"符拉司,对不对?"

---

① "农奴制改革"时,地主大量削减了农民原来耕种的份地,只有少数地方例外。

"只要完了税,
我自由如神仙!
高兴了就干干活,
要不然就抱娘儿们,
要不然就下酒馆!"

"妙!"全体大老粗
对克里姆的意见
一致赞成:用来完税!
"符拉司大叔,同意不?"

"克里姆讲的话
倒是明了又简单,
好像酒馆的招牌,"
村正开玩笑地说,
"开口是娘儿们,
闭口是下酒馆!"

"不下酒馆干什么?
难道下监牢不成?……
这件事儿错不了,
不要泼冷水,快决定!"

符拉司倒不是泼冷水。
符拉司有一副好心肠,
他操心的不是一家子,

而是整个大老粗村。
在暴虐的老爷手下，
符拉司迫不得已，
执行了他残酷的命令，
总觉得良心不安。
他年轻时盼改良，
可是每次改良不是落空，
就是反而成了灾。
从此不信神的符拉司
遇到新鲜事儿和诺言，
总有点提心吊胆。
多少委屈事
在他心上碾过，
比碾过白石大街的
车辆还多得多……
符拉司永远心事重重，
从来不开笑颜。
可是这次老汉麻痹了！——
大老粗们那股傻劲儿
使他也受了感染！
他不由自主地想：
"没有劳役……没有赋税……
没有皮鞭……没有棍子……
这是真的吗？我的天！"
符拉司微笑了。
仿佛是暑天的太阳

向着密林深处
投入了一线阳光,
于是奇迹发生了:
青苔镀上了金,
露珠像钻石般亮!
"大老粗们,喝吧,
尽情地乐吧!"
他们乐得没了边,
每个人的胸中
翻腾着一种新的情感,
仿佛是一股巨浪,
从无底的深渊里
把他们托到了世界上,
而这儿,为他们准备下的,
是永远不散的盛宴!……
又一桶酒端到桌上,
嘈杂的人声汇成一片,
还有人在唱!
正像埋葬了死人后,
亲戚朋友,邻里街坊,
谈的都是他的事,
一直要谈到大打呵欠,
谈到把主人的酒食
对付得碗空碟子光,——
今天在大柳树下,
喝着酒,谈个没完的话,

九九归一,也是一件事:
为农奴制度送葬。

大老粗们缠住了
诵经助祭和两个学生:
"唱支快乐歌!"
两个小伙子开始唱
(这支歌不是民歌,
最初本是格利沙——
特利冯的儿子,
唱给大老粗们听的;
自从沙皇"法令"下来了,
自从农奴制废除了,
每逢过节有酒喝,
神父们和家仆们
常常唱这支歌,
把它当作跳舞调;
大老粗不唱这支歌,
只是一边听一边跺脚跟,
一边听一边吹口哨。
他们给它起了个名儿,
就叫《快乐歌》)。

第一章　苦难时代苦难的歌

快　乐　歌

"喝面包渣汤吧，雅沙！
牛奶可没有了！"
"咱们的奶牛呢？"
"叫人家拉走了！
老爷要繁殖牲口，
把它牵回了家。"
俄罗斯的老百姓
生活顶呱呱！

小姑娘们嚷嚷：
"咱们的母鸡呢？"
"傻妮子，小点声！
都叫法官吃了；
大车也拉走了，
还说要住咱家……"
俄罗斯的老百姓

生活顶呱呱!

老婆子腰酸背疼,
还要揉面团!
惦记着亲闺女,
哭得好心酸:
"当丫头一年多了,
我的小卡嘉!"
俄罗斯的老百姓
生活顶呱呱!

孩子刚拉扯大,
转眼就走光:
沙皇抓男丁,
老爷抢姑娘!
只有那残废人
才能留在家。
俄罗斯的老百姓
生活顶呱呱!!

————————

接着大伙儿一齐唱,
唱起了他们自己的
大老粗的歌,
曲调缓慢又悲凉。——
要想唱别的歌,
暂时还找不到。

你道怪不怪?
神圣的俄罗斯
偌大的地方,
人口数不清有多少,
可是从古至今,
还没有一颗心里
产生过一支快乐的歌,——
像火花那样烧,
像晴天那样好。
难道这不奇怪吗?
难道这不可怕吗?
时代呀,新的时代!
你一定会有自己的歌,
是什么样的歌呢?……
但愿人民的心
有一天会笑!

劳 役 歌

乱蓬蓬的头发,一身的穷,
卡里拿没一件漂亮衣服,
只有他脊梁上布满花纹,——
叫衬衣盖住了也看不出。

　　从脖颈,到脚跟,
　　　全身皮,裂了缝,

吃糠麸得了个鼓胀肚。

  起早忙,落黑干,
  受折磨,挨皮鞭,
  卡里拿勉强挪得动步。

对酒店掌柜的跪下央告,
讨杯酒浇一浇胸中的苦;
礼拜六在老爷马厩门口
远远地同老婆打个招呼……

―――――――

"好歌!……真该记住!……"
咱们的七个出门人
直抱怨自己记性不好。
大老粗们唠叨开了:
"提起我们的劳役,
那可真够受的!
我们交的是劳役租;
在老爷鼻子下过日子,
白天做不完的苦工,
黑夜受不尽的辱!——
当差的驾着三套马车,
在村子里横冲直撞,
到处找姑娘!……
我们成天价面朝黄土,
忘掉了熟人的面孔;

连说话都忘了,——
闷着头喝酒,
闷着头亲嘴,
连打架都一声不出!"
"要论闷声不说话,
你们这算不了啥!
还是我们闷得最苦!"
一个邻乡来的农夫说,
(他运一车干草过路,
看来是家里有急用,
草刚割下来就上市场!)
"我们的小姐格尔土露
立过一个规矩:
谁要说一个骂人的字儿,
就狠狠地抽脊梁。
抽得可真邪乎!
直抽到我们不说粗话。
可庄稼汉不说粗话,
就等于干脆不吭气。
把我们闷得真够呛!
我们庆祝自由那天,
比过节还热闹:
大伙儿骂得好不舒畅!
把伊凡神父可惹恼了,
因为我们的骂声
震得那铜钟成天价响!"

这样稀奇的故事
一个接一个说不完……
这一点儿也不奇怪：
故事甭上海外找，——
全刻在自个儿脊梁上！

"我们那儿出过一件事，"
一个满脸黑胡子的
小伙子说，"这种怪事
谁也没有听说过。"
（这小伙头上戴着
一顶带帽徽的呢帽，
身上穿着件红背心，
铜扣子有十来颗；
下身却是粗布裤、
树皮鞋：这副打扮，
看上去活像一棵树
让小不点儿的牧童
扒光了底下一截树皮，
上头却是原封不动，
乌鸦都乐意来做窝。）

"好吧，老弟，你快说！"
"等我先抽袋烟！"
当他抽烟的时候，

出门人就问符拉司:
"这是只什么鹅?"
"是个倒霉的外来客,
名字叫维肯奇,
本是兰屁股男爵的家奴,
在我们村落了户。
他站惯了马车踏板,
如今改行干庄稼活,
可是我们还照旧
管他叫做'跟班'。
小伙子长得挺壮实,
可是腿脚没有劲儿,
一干活就打哆嗦,——
他跟着男爵夫人,
连采蘑菇也坐马车⋯⋯
好好儿听着吧!
他的故事一套一套的,
大概他吃过喜鹊蛋,①
记性可真不错。"

维肯奇正了正帽子,
才开始讲故事:

---

① 迷信:要想有好记性,得吃喜鹊蛋。——作者原注

模范的家奴——忠心的雅可夫

话说有个老爷,本不是上等出身,
用贪污的钱财买下了一个乡村,
每日里花天酒地,放纵荒淫,
转眼间度过了三十三年光阴。

这人贪心吝啬,和贵族不相往来,
别处不去,只偶然去探望姐姐。
泼利万诺夫老爷不但对农奴暴虐,
对自己的亲人,他心肠也硬得像铁:

嫁了女儿,他把女婿痛打一顿,
一个钱没给,把他俩赶上了街。
　　　　模范的家奴
　　　　忠心的雅可夫
　　　　成天吃他皮靴!

　　　　当家奴的人
　　　　往往比狗还贱:
　　　　老爷打得越重,
　　　　他越感谢恩典!

雅可夫从小表现了这种德行,
雅可夫的幸福,就是两件事情:

小心服侍老爷,让老爷心中高兴;
再就是抱抱小侄儿,拉扯他成人。

这样,主人和仆人活到了老年,
  老爷的两腿得了风瘫,
  治来治去,总不见好转……
歌舞淫乐的生活,这回完了蛋!

  亮闪闪的眼睛,
  红通通的脸,
  胖胖的两只手砂糖般白,
  可就是两条腿上了锁链!

地主穿着睡衣,老老实实躺着,
口口声声咒骂背时的运气。
忠心的雅可夫伺候着,寸步不离,
老爷把雅可夫称为朋友和兄弟。

两人一块儿,过了夏秋过冬春,
每日里玩玩纸牌消磨光阴,
逢上好天气,就赶他十二俄里,
到老爷的姐姐家里去解解闷。

雅可夫亲自把老爷背上马车,
亲自把马车驾到他姐姐住所,
亲自背着老爷,去会那老太婆。

瞧这主仆之间,关系可真不错!

雅可夫的侄儿格里沙长成了人,
跪在老爷面前:"准许我结婚!"
"未婚妻是谁?""她叫阿丽沙。"
老爷答道:"我叫你到棺材里去结婚!"

老爷瞟着阿丽沙,暗自琢磨:
"但愿上帝把我的腿还给我!"
不管伯父如何为侄儿苦苦求情,
老爷把眼中钉捆去当了壮丁。

  模范的家奴
  忠心的雅可夫
  这一回伤透了心,
  喝了个昏迷不醒……

老爷没有雅可夫,简直难移寸步,
换别人来伺候,个个都那么粗鲁!
谁都是满肚子恶气没地方出,
有这机会,正好叫你多吃点苦!

老爷央告一阵,又臭骂一通……
  就这样挨了两个礼拜。
  忠心的家奴忽然回来,
首先对老爷深深地鞠了一躬。

看来他对风瘫的老爷感到了怜惜:
还有谁能照料得如此尽心尽意?
"不要再提起那件伤心的事,
我会忍受苦命,直到死的一日!"

雅可夫又坐在地主脚边,不离一步,
地主对他,又像兄弟一般称呼。
"雅可夫,你脸色为啥那么难看?"
"没什么,只不过胸口有点发堵!"

茶喝饱了,纸牌玩得不想再玩,
用针线串蘑菇,串了几大串,
把樱桃、草莓泡在酒里喝了,
地主想上姐姐家去消遣消遣。

地主悠闲地躺在车上抽烟,
欣赏着明亮的阳光、翠绿的草原,
雅可夫灰沉着脸,不爱说话,
雅可夫手里的缰绳不住地颤。

好像身上有鬼缠!他画了十字,
嘘了声:"恶鬼别碰我,滚开点!"
车走了……右边是阴森森树林一片,
　　"魔鬼谷"的名字自古传。

雅可夫一拐弯,把车赶进谷里,
老爷慌了神:"你这是往哪里去?"
雅可夫闭着嘴,一句也不搭理,
磕磕碰碰地,一直走了好几里地。

没有路,只有坑和倒下的树木,
只见溪泻谷底,只听得风吹树……
马站住了,再不肯向前一步。
千年古松像一堵墙,迎头拦住。

雅可夫对可怜的老爷一眼不瞧,
用颤抖的双手把马卸下了套。
向着脸色煞白的忠仆雅可夫,
　　老爷开始哀哀求饶。

他说尽好话,答应给许多东西……
雅可夫听完了,笑得好凄厉:
"要我杀人弄脏手,我还不乐意!
　　不,今天要死的不是你!"

雅可夫爬上一棵高高的古松,
在树枝上紧紧地拴了根缰绳,
在胸前画了十字,望了一眼太阳,
脖子套进了活结,——两腿一伸!……

这一下可真把老爷吓掉了魂!

雅可夫悬在他头顶,随风摆动。
老爷又是哭又是喊,拼命折腾,——
  只有回声和他呼应!

他伸长脖子,勉强扯起了嗓子,——
任他怎么叫唤,也没人搭理!
夜风撒下了大滴大滴的露水,
魔鬼谷裹上了漆黑漆黑的尸衣。

啥也看不见,夜猫子乱飞乱闯,
张大了翅膀,猛可里扑到地上!
  还听得马在嚼树叶,
  铃铛轻轻地响。

一双不知什么野兽的圆眼睛,
步步逼近,燃烧着,像火炭一样。
  一群鸟怪叫着飞过,
  落在不远的地方。

在死尸头顶,一只老鸦哇的一声,
妈呀!不一会就飞来了将近一百!
老爷大叫着,用拐杖把它们赶开,
他这夜受的罪,我可形容不出来!

老爷在谷里躺了整整一晚,
哼哼着撵走那些乌鸦和狼群;

到早上才有个猎人把他发现,
老爷回到了家,不住地哭喊:

"我作了孽! 惩罚我吧,我的天!"
老爷呀,这一回叫你牢牢记住
  模范的家奴
  忠心的雅可夫,
  直到末日审判!

 "罪孽啊,罪孽!"——
 四面八方的声音。
 "雅可夫怪可怜,
 可老爷也够受的,
 他得的惩罚真怕人!"
 "可怜老爷干什么! ……"
又听了几个怕人的故事,
大伙儿热烈地争了起来:
谁的罪孽最重?
一个说:"酒店老板。"
第二个说:"地主。"
第三个却说:"农民。"——
说这话的叫伊格那吉,
是个拉脚运货的,
家道殷实,为人持重,
不爱瞎白话。
这老兄可见过世面,——

他把整个文盲省
东南西北都走遍。
本该听听他的理儿,
可是大老粗们动了火,
不让他说一句话,
尤其是克里姆
摆起架子来熊他:
"你是个笨蛋!……"
"你先听我说完……"
"你是个笨蛋!……"

"依我看嘛,你们大家
都是笨蛋!"忽然间
一个粗鲁的声音插进来,
这是商贩叶廖明,
他从庄户人手里
采购牛犊、柑橘、树皮鞋,
什么东西都收买;
要论投机他更拿手,
逢到收税的时候,
大老粗们拍卖家私,
他就有了好买卖!
"你们光会争吵,
可谁也没争到点子上!
谁的罪孽最重?想一想!"
"是谁呢?你倒说呀!"

"明摆着的:是强盗!"
克里姆反驳他:
"你没有当过农奴,
没尝过味道,——
冰凉彻骨的冰溜子水,
没滴在你的秃头上!
你腰包塞满了,
所以不论跑到哪儿,
眼里都是强盗。
强盗是另外一码事,
根本沾不上边!"
"好哇!"商贩叫道,
"强盗护强盗!"
克里姆跳到他跟前:
"趁你没死快祷告!"
照商贩嘴巴就是一拳!
商贩也还了他一下:
"今天叫你活不了!"
"哎呀,有人打架!"
庄稼汉们闪开两边,
没人给他俩助威,
也没人给拉架。
拳头像冰雹往下砸:
"我要你的命!
快通知你爹妈!"
"瞧我收拾你!

你快请神父!"
末了克里姆用一只胳膊
紧紧箍住了商贩,
另一只手揪住他头发,
喝了声:"磕头赔罪!"
把商贩的脑袋往地下压。
"算了吧!"商贩说,
克里姆放了骂人的家伙,
商贩在圆木上坐下,
掏出块大方格手巾,
擦了擦汗说:
"算你能!这也不出奇:
你不收割,不锄地,
当个半吊子郎中,
游游逛逛将养得好,
当然力气大!"
(庄稼汉们哈哈笑。)
"你还嫌不过瘾?"
克里姆挑战地说。
"来!你当我害怕?"
商贩小心翼翼脱下外套,
往手心吐了口唾沫。

"轮到我来说两句了,"
忽听得约翰修士说,
"听着吧,听完我的话,

你们就会讲和!"——
(这位谦逊的游方僧
已经静听了一晚上,
叹息着,画着十字,
现在才开口。)
商贩十分高兴,
克里姆也没有说啥。
大伙儿就了坐,
柳树下一片静默。

第二章　游方僧与香客

这种游方的修行人
在俄罗斯常常能遇见。
他们没家没业,
他们不种不收,
吃大粮仓的饭,
(这个大粮仓养活小耗子,
也养活百万大军,
它的名字叫做
庄户人的血汗。)
尽管老百姓知道:
每年一到秋天,
要饭的成群结队而来,
把讨饭当作赚钱买卖,——
但是好心肠的人
总给他们吃与喝,
总当他们是苦人儿,
不信他们是骗子手。
尽管游方的修女
有不少偷东西的,

尽管有的香客
拿所谓"圣母泪"
和雅松山的圣饼,
骗了娘儿们许多纱线,
后来她们才知道,
这老兄顶远只到过
谢尔格大寺院①!
还有个老修士
用美妙的歌喉
迷住了大家的心。
他在河湾村,
经过母亲们许可,
教姑娘们唱赞美歌,
整个冬天,他和姑娘们
关在烘谷棚里头,
歌声从那儿传出来,
但更常听到的
却是笑声和尖叫!
结果如何呢?
他没教会姑娘们唱歌,
倒把她们全糟蹋了!
还有些修行人
勾引太太们最有门道:
第一步先搭上女仆,

---

① 应为谢尔格耶夫大寺院,在莫斯科以北。

钻进女仆住的屋,
然后再搞地主太太,
你瞧他抖着一串钥匙,
在院子里显摆,
俨然是老爷!
他朝农夫脸上啐唾沫,
常来的那个老修女
受尽他的虐待!
不过,对这批游方僧,
大家也看到正经的一面:
是谁化缘修教堂?
是谁把寺院里的捐款箱
装得满到了边?
有些人尽管不行善,
可是也不作恶;
还有些游方僧很古怪:
大家都知道佛玛,——
他腰里老缠着
几十斤重的铁链,
嘟哝着听不懂的话,
不分冬夏都光脚板,
过的是圣徒的生活:
吃一块面包,
枕一块石头,
睡一块木板。

人民永远记得
旧教徒圣水柯夫,——
这个古怪的老头儿
不知蹲了多少次监牢。
有一次他来到盐渍村,
责备村民不信神,
叫大家进树林去祷告。
凑巧警察局长在这儿,
听了他的话,喝道:
"妖言惑众!审判他!"
他也厉色答道:
"你是基督的敌人!
你是七头兽的使者!"
警察和村正
对老头儿使眼色:
"不要自讨苦吃!"
他可不理这一套!
警察抓他去坐牢,
他对局长骂不绝口,
还站在马车上向盐渍村居民喊道:

"不堪救的人们哟,你们有祸了!
你们今日穿破衣,明日要赤身露体,
你们今日挨木棍、皮鞭和藤条,

等着吧,你们明日还要挨铁条!……"①

盐渍村的人忙画十字,
警察局长殴打着预言家……
"受诅咒的人!
等着耶路撒冷的审判吧!"
赶车的小伙子
吓得缰绳都掉了,
头发夵起老高!
巧不巧第二天一早,
呼啦一声到了兵,
开进邻近的不屈村,
又是弹压,又是拷打,
直闹得鸡飞狗跳!
借着顺路之便,
盐渍村也砸锅倒灶,——
倔先知的预言
差不多完全应验了。

人民也永远忘不了
寡妇叶芙洛细尼亚,——
在闹霍乱的年头里,

---

① 在作者手稿中,这段话下面还有以下三行诗:
  "法庭上不要盼正义,
  三更天不要找太阳,
  在这世界上,不要想日子过得好!……"

她从城关来到乡下,
好像上帝的使者。
她又收殓死人,
又给病人看护、治疗。
农家的妇女们
几乎要向她祈祷……

陌生的客人哪,
不论你是谁,——
在茅屋的柴门前
你尽管大胆敲门吧!
世代的庄稼汉
从来不多疑,
(不像那家景富裕的人,
一见穿得破破烂烂的
胆怯的陌生人,
心里就直嘀咕:
"别叫他偷了东西!")
尤其是娘儿们
见了客人更欢喜。
冬夜里,松明在燃烧,
一家人一边干着活,
一边听香客讲故事。
他已经洗了蒸汽澡,

他已经用自己带着的
刻有"祝福手"的木勺①，
饱饱地吃了一顿鱼汤，
烧酒下肚血脉暖，
他的话流得像河水一样。
茅屋里没一丝儿声息：
补树皮鞋的老头儿
把鞋掉到了脚边；
梭子早就不响了，
织布机旁的妇人
已经听入了迷；
主人家的大姑娘
耶芙甘尼亚的小指头上
凝了一个血疙瘩，——
什么时候扎出了血，
姑娘自己都不觉得；
她睁大了眼睛，
摊开两手坐着，
针线活滑下了地……
小孩儿们成一排儿，
在高板床上趴着不动弹，
脑袋垂在床沿，
真像阿尔汉格尔斯克
北边的冰块上，

---

① 俄国寺院出售一种木勺,勺柄上刻有一只手,作画十字的姿势。

瞌睡的小海豹在晒太阳。
小脸蛋儿都看不见,——
叫一绺绺头发遮住了,
那头发的颜色,
不消说都是浅黄。
别忙! 远路的香客
快讲完雅松山的故事了,
他正讲到土耳其人
如何把造反的僧众
赶下大海去,
讲到僧人和修士
如何默默地走进海水,
成千成百地淹死①……
一阵恐怖的私语,
一排惊慌的眼睛
全都满噙着泪!
讲到最吓人的节骨眼上,
女主人的大肚子纺锤
从膝上滚下了地
小咪咪两耳一竖,
嗖一声扑上去抓!
换了别的时候,
这调皮的小咪咪

---

① 一八二一年,希腊雅松山的僧侣参加反抗土耳其统治的起义,事败,僧众被杀达四千人。

保险得挨打,
今儿个却没人注意:
它用灵活的爪子
把纺锤拨弄着玩儿,
又在纺锤上跳来蹦去,
弄得纺锤直打滚儿,
直到把纺好的纱线
全扯乱了才罢!

谁见过农民家庭
听香客讲故事的情景,
他就会明白:
不论是辛苦的劳动,
长年的忧患,
永世的奴役,
或是那小酒馆,
都还没有能圈住
俄罗斯的人民,——
宽广的天地
展开在人民面前!
当旧的耕地地力耗尽,
使耕种者白费了劲,
他会在树林边缘
试着把荒地开垦。
开垦的工作是艰苦的,
但是新开的地

不需要施肥,
就会给他丰饶的收成。
俄罗斯人民的心灵
正是这样一片沃土……
快来吧!播种的人!……

约翰·列普什金
早就访问过老粗乡。
庄户人不但不讨厌
这个虔诚的游方僧,
而且还你争我抢,
邀他到自己家去住,
争到后来,约翰修士
只好这样打圆场:
"喂!姐妹们!
把圣像都捧来吧!"
娘儿们捧来了圣像,
约翰在每个圣像前
恭恭敬敬磕了头:
"各位不要争!
让圣意来决定吧,
哪个圣像对我笑眼看,
我就上哪家住!"
结果,约翰每每跟着
最寒酸的圣像,
住进最贫苦的茅屋。

于是这间茅屋
马上受到特别尊敬:
娘儿们都带着包袱,
带着煎锅和吃食,
上这间茅屋串门子,
茅屋沾了约翰的光,
变得好兴旺。

约翰用轻轻的声音,
不慌不忙地讲起了
《两个大罪人的故事》,
一边讲一边画十字。

两个大罪人的故事

让我们一同赞美上帝,
我讲个故事大家听。
(告诉我这个故事的
本是修士毕济灵。)

话说从前有十二大盗,
库劫亚尔是头目。
他们杀害了不知多少
没有罪的基督徒。

抢来的财宝不计其数,

密林深处扎营帐。
库劫亚尔还从基辅
带回一个美姑娘。

白天和情妇寻寻开心,
天断黑就出去抢……
想不到由于上帝指引,
匪首忽然现天良:

杀人越货,酗酒放纵——
他觉得样样都讨厌;
被他杀害的无数冤魂
天天出现在眼前!

这个像野兽一样的人
还想和上帝抗一抗,
他又打死了一名亲信,
斩了他的美姑娘。

但良心终究战胜了他,
他打发手下人回了家,
把金银财物散给教堂,
宝刀埋在柳树下。

他长途跋涉求赦罪,
耶稣墓前去礼拜,

到处巡礼,祈祷忏悔,——
良心还是不轻快。

老罪人披着僧人衣服,
仆仆风尘转回程,
密林中找了棵老橡树,
隐居树下来修行。

他夜以继日祷告上帝:
"饶恕我的罪和咎!
我愿残酷地折磨肉体,
只求灵魂能得救!"

上帝对隐士发了慈悲,
给他指了一条路。——
一次他正在彻夜礼拜,
面前来了一个圣徒。

圣徒说:"你由于天意,
选了这棵树作住处。——
你要用有罪的手和凶器,
砍倒这棵老橡树。

"这件工作万分艰苦,
但是有苦才有甜。
一旦倒下了这棵大树,

罪孽的锁链自然断。"

隐士量了量庞然大物，——
三人合抱的树干！
他挖出宝刀，祷告了主，
马上动手把树砍。

他一面砍坚韧的木头，
一面唱歌赞美上帝。
砍了一个又一个年头，
进展还是微乎其微。

一个又病又弱的老人，
哪能把巨树拦腰斩？
干这件活需要钢骨铁筋，
而不是风烛残年！……

正当他心中这样思摸，
忽然听得有人叫：
"喂，老头！你在干什么？"
他画个十字，抬头瞧：

这是地主麻木不仁斯基，
骑着一匹高头马，
这一带地方，论财论势，
没有人能赛过他。

这地主的暴行令人发指,
修行老人早有所闻,
于是老人讲了自己的故事,
以便劝导这个罪人。

地主听完了嗤之以鼻:
"我早已不再想得救!
世界上我看得起的东西,
只有名利、女人和酒。

"老头,做人应该要学我:
我杀农奴像宰羊,
鞭打、绞死、抽筋、活剥!
我睡觉还格外香!"

老隐士身上出了奇迹:
无名怒火往上升,
他扑向麻木不仁斯基,
一刀扎进他的心!

正当这地主鲜血淋漓,
一头扑在马鞍上,
千年的老树轰然倒地,
整个树林都震响。

大树一倒,僧人的罪孽
也从心上落了地!……
让我们一同向上帝祷告:
帮助我们这群奴隶!……

第三章 亦新亦旧

约翰说完,画个十字,
众人都不吭气。
唯独商贩叶廖明
忽然发了脾气:

"渡船!喂,渡船!
莫非人都睡死了?"
"出日头以前,
休想把渡船叫过来。
破破烂烂的船,
船工连白天都胆怯哩。
你别急!且说库劫亚尔……"
"渡船!渡船!渡——船!"
商贩动手套他的车,
车后拴着头母牛,
他兜屁股踢了它一脚;
车上母鸡咯咯叫起来,
他骂:"蠢货!别吵吵!"
牛犊在车上乱折腾,

他也给了它一捶,
正中额上那颗白星!
他抽了马火辣的一鞭子,
赶着大车就往河边跑。
月亮在空中游动,
商贩滑稽的影子
在铺满月光的地上,
跟着他连蹦带跳!……
"他好像不想打架了,
争嘛,也明知争不过,"
符拉司说,"上帝呀!
贵族可真是罪恶滔天!"
拉脚的伊格那吉
忍不住又插了嘴:
"不过,贵族罪再大,
也比不上农民的罪!"
克里姆啐了一口:
"什么人说什么话,
老鸦护的是小乌鸦!
既然你非说不可,
你就说说吧:
农民有什么大罪?"

农民的罪孽

话说有一个海军上将,

带领着舰队航行海上。
在奥恰科夫和土耳其交战,
他的舰队打了一个胜仗。
女皇为了表彰他的功勋,
赐他八千农奴作为奖赏。

他妻子已故,没有儿女,
独自在领地里享着晚福。
临终他唤来村正葛列布,
拿出个金匣子,对他吩咐:
"村正!好好保存这个匣子,
匣子里面是我的遗嘱:
在我死后就打开锁链,
解放所有的八千农奴!"

海军上将的棺材停在灵堂,
一个远房亲戚为他治丧。

埋进土,去你娘!叫来村正,
拐弯绕脖子地细细打听;
答应给葛列布大堆黄金,
还给他个人发了解放证……

  贪心的农民葛列布,
  一把火烧掉了遗嘱!

一个罪人害苦了八千魂灵,——
白当几十年农奴,直到最近……
八千个魂灵,连子带孙,
被他系上石头往水底沉!

上帝什么都能宽恕,
犹大的罪却不能恕!

农民呀农民!罪比谁都重!
活该你永世受罪不得超生!

———————

伊格那吉怒气冲冲,
用打雷般吓人的嗓音
结束了他的话。
众人一下都站了起来,
一片感慨声!
"这个农民的罪
实在是吓人!"
不信世道会改良的
村正符拉司,
又愁云满面了:
"唉!我们倒真的是
永世受罪不得超生!……"
他对悲伤和快活
感染都特别快。
克里姆也伤心地学着舌:

"罪孽真不轻!
罪孽真不轻!"

伏尔加河滩上,
月光照亮的这块空地
空气马上变了样:
刚才高视阔步、
得意扬扬的人们,
忽然不见了影儿,
剩下的依然是大老粗——
他们吃不上饱饭,
喝不上放盐的汤;
他们天天挨鞭子,
只不过拿鞭子的
从前是老爷,
现在换了乡长!
他们眼看又要遭饥荒,——
已经旱了好几个月,
如今又起了虫;
他们辛苦熬的松香
(大老粗的泪!)
被奸商任意压价,
压了价还要骂:
"多给你们钱干吗?
你们的买卖
本来就不花本钱!

瞧你们的皮像松树一样,
太阳一烤就流松香!"

可怜的大老粗们
又落进了无底洞,
低头耷脑不吭气,
趴在地上想心事。
想着想着,忽然唱开了,
歌声像一大片乌云
从天际慢慢升起。
一字字吐得那么慢,
一句句拖得那么长,
所以咱们的出门人
一句也没忘记:

饿　歌

庄稼汉站着
有气无力。
庄稼汉走道儿
奄奄一息!

长年吃树皮,
全身发肿,
遭尽了灾殃,
受尽了穷。

他痴呆无神,
灰沉着脸,
醉汉的脸色
比他好看。

他晕晕乎乎,
边走边喘,
一步步蹭到
黑麦地边。

他站在地头,
像个木偶,
嘶哑着声音,
唱了支歌:

"赶快成熟吧,
黑麦妈妈!
本是我庄稼汉
把你种下!

"我要吃大面包——
像座大山,
我要吃大饼——
像个桌面!

"我要狼吞虎咽,
独自吃光。
不分给儿子,
不分给娘!"

————————

"唉,可真饿了!"——
一个庄稼汉
有气无力地说着,
从筐里掏出面包来嚼。
"尽管歌声低,"
另一个庄稼汉说,
"听了却要打寒噤,
头发都直竖!"
真的,大老粗们
唱他们的《饿歌》,
并不是用嗓音,——
歌声发自腹内深处……
有的人唱着唱着,
还站了起来,
用严肃缓慢的动作,
表演饿极的庄稼汉,
风都吹得倒的样子,
晕晕乎乎地打盹儿,
摇摇晃晃地走路。
他们唱完《饿歌》,
仿佛已经精疲力竭,

一个个晃晃悠悠,
走到酒桶边来喝酒。

"上前去吧!"助祭说,
他的儿子格利沙——
村正符拉司的教子,
走到老乡们身旁。
"你也来一碗酒吧?"
"谢谢,我喝够了。——
你们是怎么回事?
像掉进了冷水里一样!……"
大伙儿吃了一惊:
"我们?……哪儿的话!……"
符拉司把宽大的手掌
放在教子肩膀上。

"难道你们又变了农奴?
难道又赶你们去服劳役?
难道草地被人夺走了?"
"夺走草地?没有的话!"
"那么,发生了什么变化?……
唱起了不祥的《饿歌》,
难道是想召唤饥荒?"
克里姆像放炮似的:
"可不真是发了傻!"
好多人搔搔后脑勺,

听得一阵嘟囔:
"可不真是发了傻!"

"大老粗乡亲们,
喝酒吧,高兴吧!
咱们没有错,
一切都会如愿的,
不要把头垂下!"

"咱们没错吗,克里姆?
那葛列布的罪孽呢?……"

格利沙讲了许多道理,
讲得明白而透彻,
说明葛列布的罪孽
不由咱们来负责,
罪孽的总根是农奴制!
"小蛇本是大蛇生,
不论是地主的罪,
不幸的雅可夫的罪,
还是葛列布的罪,——
根子都是农奴制!
要是没有农奴制,
就不会有地主
逼得家奴上吊死;
要是没有农奴制,

就不会有家奴
用自杀来报仇;
要是没有农奴制,
俄罗斯就不会
再出现葛列布!"
对格利沙这番话,
蒲洛夫听得特别用心,
听得比别人更兴奋。
他咧开嘴笑着,
用胜利的口气
对伙伴们说:
"咱们要牢记在心上!"
克里姆也高兴地叫:
"这么说,这支《饿歌》,
咱们从此不再唱!
伙计们,唱支快乐歌!"
关于农奴制度的
这句中肯的话
传遍了众人口:
"没有大蛇,
就不会有小蛇!"
克里姆又冲伊格那吉骂:
"你到底是个笨蛋!"
两人差点儿又打一架!
喝醉了的诵经助祭
拉着格利沙呜呜哭:

"这孩子真有点天才!
难怪他老想上莫斯科,
难怪他老想上大学!"
教父符拉司也抚摸着他:
"愿上帝给你金和银,
给你个聪明健壮的好媳妇!"
"我不要金,不要银,
只愿我的乡亲们,
只愿所有的庄稼汉,
在俄罗斯能过好日子,
过得快活又舒畅!"
格利沙说出了心里话,
说罢就走了,
脸红得像女孩儿一样。

―――――――

东方发白了。赶车的人
陆陆续续去套车了。
拉脚的伊格那吉
拿起圆木堆旁的车轭,
忽然叫道:"喂!符拉司,
过来瞧瞧这是谁!"
符拉司走了过去,
克里姆跑步跟上,
咱们的出门人也跟着
(他们啥事儿都想知道)。
在一堆圆木后面,

一群乞丐过夜的地方,
有一个人躺着睡觉。——
他鼻青脸肿,精疲力尽,
一身新衣裳
撕成了一条条:
脖子上围的是红丝巾,
红裤子、呢背心,
腰里还有一只挂表!
克里姆弯下腰,
瞧了瞧睡觉的人,
大喝一声:"揍他!"
照着他嘴巴就是一脚。
那家伙直蹦起来,
揉着迷糊的眼睛,
这时间符拉司
一拳打中了他的颧骨!
那家伙像被夹住的老鼠,
怪可怜地一声尖叫,
撒开两条长腿,
一溜烟往树林里逃!
四个小伙子跳起身,
跟着屁股就追;
众人在后面呐喊助威:
"揍他! 揍他!"
一直喊到追的和逃的人
都钻进树林不见了。

"这是个什么人?"
出门人问老村正,
"为什么要揍他?"

"这我也不知道。——
压榨村的人嘱咐我们:
一见到耶哥儿·丑托夫,
就揍他! 我们照办了。
等压榨村的老乡来了,
会给你们细讲的……
怎么样?"他向刚回来的
四个小伙子问道:
"有没有给他点颜色瞧?"
"撵上了,给他尝了个饱!
他朝杰勉斯克跑了,
看样子,打算到那儿
渡伏尔加河哩!"

"这些人真奇怪!
揍睡着觉的人,
为什么,却不知道……"

符拉司一听动了气,
对七个出门人嚷道:
"倘使整个村子都叫揍,

当然是该揍!
压榨村的老乡办事情
不是没斤没两的,——
他们村刚挨过鞭子抽,——
不由分说,每十人中抽一人……
这耶哥儿的差事太卑鄙,①
真是个下流畜生!
不揍他揍什么人?
不单是我们受到嘱托,——
这一带,从压榨村数起,
沿伏尔加河有十四村,
他溜过这十四村,
大概村村都挨揍,
好比进了军棍阵②!"
出门人没有再吭气。
尽管很想追根问底,
怎奈符拉司大叔
已经一肚子不高兴。

---

① 涅克拉索夫手记中有这样一段:"写庄稼汉如何处理自己人中间的密探。我听人讲过一个当了密探的农民,由于他游手好闲,穿着花哨,经常有钱,引起了庄稼汉的怀疑,——后来他们弄清了这都是从哪里来的。……明白了这是何许人后,他们把他骗进树林里打了一顿。当密探的农民逃出了自己的村庄,可是不论他在哪里出现,到处都挨打,——人家受到了嘱托。"
② 沙俄军队中的一种酷刑,全体士兵持棍站成两列,受刑者从中间通过,每人都打他一棍。

说话间天大亮了。
妻子给男人们送来早饭——
鹅肉和奶渣饼。
(一群鹅打这儿赶过,
有三只走不动了,
赶鹅的提着它们走。
"到不了市上就要死了,
卖了吧!"买下了,
差不多算白送。)
人常说庄稼汉喝得凶;
可是许多人还不知道
他吃起来更凶。
庄稼汉见了肉,
比见到酒的馋劲儿还大,
有个不喝酒的石匠,
吃鹅肉竟吃醉了,——
酒又算得了啥!
忽听得有人嚷:
"瞧瞧谁来了!"——
大老粗们的笑和闹
这下又添了新名堂!
一辆大车拉着干草,
一个老兵坐在顶上,
他叫俄伏祥尼可夫,——
二十俄里方圆内,
庄稼汉全都认识他;

他侄女坐在他身旁,——
没爹没娘的乌丝琴妮亚,
是老头儿的一只臂膀。
老头儿靠拉洋片糊口,
给人瞧莫斯科城,
给人瞧克里姆林宫。
忽一日八音匣坏了,
买不起乐器没法唱!
他买了三只铜勺子来敲,
可是唱熟了的词儿
和铜勺子配不入调,
唱起来不逗人乐!
当兵的倒有心窍,——
他编了一套新唱词,
这回铜勺子用得上了!
大伙见了老兵都高兴:
"大爷,你好哇!
跳下车来干一杯,
给我们敲敲小铜勺!"
"我爬倒是爬上来了,
怎么下车,可不知道。
拉到哪儿算哪儿!"
"看样子要拉到城里去,
再申请全份残废金?
可惜城已经烧光了!"
"烧光了?活该!

我还要告到彼得堡哩!
我有一批弟兄们
都在那儿领钱养老,
到那儿准能把案子断清!"
"那你得坐火车去吧?"
老总吹了声口哨:
"异教徒的火车啊!
你为我们老百姓
服务了没几天!
从莫斯科坐到彼得堡,
起初只要三卢布,
老百姓都说不错;
可现在,见你的鬼去吧,——
谁能掏七卢布买一张票!"

"你快来敲铜勺吧!"
村正对老兵说,
"趁这儿人多,
又都喝了点儿酒,
看样子能挣几个。
克里姆,张罗张罗!"
(符拉司不大喜欢克里姆,
可是一碰到麻烦事,
又老是爱找他:
"克里姆,张罗张罗!"
克里姆也很乐意做。)

大伙把老兵扶了下来,
老头儿两腿直哆嗦。
他骨瘦如柴,又细又长,
奖章叮当的上衣
活像是套在竹竿上!
那张脸模样儿也够瞧,
尤其是当他抽起筋来,
脸一歪,嘴一咧,
模样儿和鬼差不多!
两个眼珠子——
两颗红炭火!

老兵一敲铜勺子,
从这儿一直到河滩上,
所有的人都聚拢来。
老兵一边敲,一边唱:

兵 的 歌

世界可恨,
公理难寻,
活得恶心,
伤痛难忍。

德国子弹,

法国子弹,
土耳其子弹,
俄国皮鞭!

没有房子,
没有面包,
活得恶心,
又死不了。

老兵从第一号堡垒里滚了蛋,
挂着乔治十字勋章沿街去讨饭!

  讨饭讨到富人家,
  富人好凶狠,
  一顿铁叉和木棍,
  把我叉出门!

  财主围墙钉满钉,
  根根对穷人;
  高楼里面住盗贼,
  个个是畜生!

  穷人没有一文钱:
  "老总莫见怪!"
  "我也不能向你要,
   多承你关怀!"

没有房子，
没有面包，
活得恶心，
又死不了。

唯有三个玛特辽娜，
还有彼得和卢卡，
我记着他们的好。
彼得和卢卡
给我闻烟草，
三个玛特辽娜
给我供粮草：

第一个玛特辽娜
给我大蘑菇，
第二个玛特辽娜
给我圆面包，
第三个玛特辽娜舀水给我喝，
清凉的泉水呀，尽情喝个饱！

世界可恨，
公理难寻，
活得恶心，
伤痛难忍……

———————

当兵的抽起筋来了,
靠在乌丝琴妮亚肩上,
他搬起左腿,
把它摇了一阵子,
好像摇哑铃;
又照样摇了摇右腿,
骂了声:"可诅咒的生活!"
忽然用两条腿站定。

"克里姆,张罗张罗!"
克里姆按彼得堡规矩,
马上布置了一番:
让伯侄两人并排坐,
给他俩每人一个木盘,
自己却跳到圆木上,
高声喊道:"列位听我言!"
(当克里姆讲话时,
老总忍不住了,
常常打起家伙,
插上几句,唱一段。)

克 里 姆

有个木头墩子
摆在我家当院里,
我在它上面劈柴火,
打从我小时候起。

可是老总先生的伤
比那墩子的伤还多,
你瞧瞧他吧:
皮囊只剩一口气!

  老　兵

德国子弹,
法国子弹,
土耳其子弹,
俄国皮鞭!

  克　里　姆

不发给全份残废金,
老兵满身的伤,
没一件是合格品!
医助的助手眼角一扫,
说声:"统统算乙等!
发半份残废金。"

  老　兵

不批准发给全份残废金,——
枪子儿没有打穿我的心!

(当兵的抽噎了一声,
正想要敲小铜勺,
忽然抽了筋!

要不是乌丝琴妮亚扶住,
老头儿准得摔倒。)

克 里 姆

当兵的再次递呈子,
这次检查得比较细:
一个个伤疤用尺量,
一个个换算成戈比。
市场上有人打了架,
警官就是这样验伤的:
"左眼之下破了一块皮,
大小相当银双角;
前额当中打了个口子,
大小相当一卢布。
总计伤口价值:
一卢布十五戈比零五厘。"
唉,市场上的斗殴,
怎么和士兵洒热血的
塞瓦斯托波尔大战比?

老 兵

敌人如潮涌,只有山没动!
像野兔,像松鼠,像山猫,
连蹦带跳地向我们堡垒冲!
在那儿,我报销了两条腿,
地狱般的闹声震得耳朵聋,

俄国式的饥饿差点要了命!

克 里 姆

他该上一趟彼得堡,
去找残废军人委员会!
一步步挨到莫斯科,
再往前去可怎么走?
火车票实在太贵!

老 兵

火车是个高傲的贵妇人,
走起路来像蛇一样嘘个不停!
它一路上对俄国农村大声叫:
"空空!空空!空空!空空!"
它一边走一边嗤庄稼汉的脸,
它撞我们,轧我们,碾我们,
它会把俄国百姓扫个精光,
比用笤帚扫地还要干净!

老兵轻轻地跺着脚,
但听得骨头咯吱响;
克里姆没有再往下讲。——
听众陆陆续续
向老兵走过来了,
有的给一戈比,
有的给半戈比,

总共已经有一卢布钱
堆在木盘上……

第四章　幸福时代幸福的歌

唱歌加上讲话,
致辞夹着打架,
通宵的宴会好热闹!
直到天亮人才散了。
咱们的七个出门人
留在柳树下睡觉,
那位约翰修士——
谦逊的游方僧,
也在树下睡了。
萨瓦和格利沙搀扶着爹,
摇摇晃晃走回家,
哥俩一边走,一边唱,——
在伏尔加河上
清晨的空气里,
和谐而有力的歌声
好像钟声响:

　　人民的命运,
　　人民的幸福、

光明与自由——
在一切之上!

要求上帝的
只有这一桩:
为了担当起
正义的事业,
给我们力量!

劳动的生活
是一条捷径,
通向朋友的心。
扫除掉懦夫,
扫除掉懒汉,
这就是天堂!

人民的命运,
人民的幸福、
光明与自由——
在一切之上!

————

特利冯的家景
比最苦的农民还苦。
住两个小房间:
一间里是冒烟的炕,
还有一间夏天睡的房,

长宽不过三步。
没有马,没有牛,
仅有的猫和狗
也早已不知去向。

两个少年照料爹睡下,
萨瓦拿出书来读,
格利沙却坐不住,
走到了田野上。

格利沙长得骨骼粗,
脸庞却很瘦削,——
神学校贪财的总务
不给学生们吃饱。
格利沙在学校里
常常半夜一点钟就醒了,
睁着眼睛盼天亮,
等早上发给的
一杯蜜水、一块面包。
大老粗村尽管穷,
他们回村倒吃胖了,
多谢教父符拉司,
多谢众乡亲!
两个小伙子
尽力劳动报答他们,
还替他们在城里

办各种事情。

助祭夸耀着孩子们,
可是他们吃什么活着,
他却从来不过问。
他自己也老是半饥不饱,
天天想法打抽丰,
对付点儿吃喝。
这老兄万事不操心,——
要不是他这副德行,
压根儿活不到老!
他的亡妻多姆娜
就是操心操多了,
所以死得早。
多姆娜为了盐
就操了一辈子心,——
没吃的,总还能够
向人讨块面包,
可是要想吃盐,
没有现钱可买不到!
(在被逼着服劳役的
整个大老粗村,
找得出几个现钱呢?)
多亏了大老粗们
和多姆娜分享面包,——
要不是大老粗慷慨,

有什么就给什么,
多姆娜的孩子们
早就烂在土里了。
对那些在灾里难里
帮补过她的人,
多姆娜拼命干活来报答。
她洗着衣服,割着草,
心里永远惦着盐;
她摇着格利沙,
哄心爱的小儿子睡觉,
唱的也离不了盐。
有时候农妇们回忆起来,
唱起了多姆娜的歌
(聪明的大老粗们
就管它叫《盐之歌》),
小格利沙听着,
心里像刀割!

盐 之 歌

可怜的小儿子
不吃也不喝,
上帝真造孽,
眼看他不能活!

娘给片面包,

娘再给一片,——
不吃,光哭喊:
"撒点盐盐!"

盐花如白银,
一撮也难寻!
上帝在耳边说:
"撒点面粉。"

儿子咬一口,
小嘴儿一扁,
又哭喊起来:
"还要盐盐!"

娘再撒面粉,
眼泪如雨淋!
淋透了面包,
儿子大口吞!

为娘心高兴,——
全靠娘的泪
那点儿咸味,
救了儿的命!……

格利沙记住了这支歌,
在那又黑又冷、

又严格又沉闷、
又吃不饱的神学校里,
他常用祈祷的声音
轻轻地唱《盐之歌》,
一边唱一边想母亲,
也想养育自己的
整个大老粗村。
在少年的心里,
对可怜的母亲的爱
和对大老粗们的爱,
很快就融合为一。
还在十五岁上,
格利沙已经很清楚:
他要为什么人
献出自己的一生,
为什么人牺牲。

恶魔擎着镇压的剑,
在俄罗斯土地上
来回飞个不停;
奴役的千斤铁锁
封闭了俄罗斯的路,
只开放着罪恶之门!
够了,不能再忍了!
正在苏醒的俄罗斯
听到了另一支歌:

那是善良的天使
悄悄地在上空飞翔，
召唤着坚强的灵魂
走向正直的路。①

在广阔的世界上，
在自由的心面前，
　　摆着两条道。

衡量一下意志，
掂试一下力量，
　　请你选一条。

其中的一条道
宽阔而平坦，
　　行人真不少，

私欲的奴隶，
贪利忘义的人，
　　都奔那条道。

---

① 以上六行诗，作者手稿中写得更为鲜明："现在天边才现一线曙光，人民的苦难还没有到头，太阳还没有升。但是善良的天使已经悄悄儿地在俄罗斯上空飞翔，他飞过贫苦的村庄，他飞过茅草的屋顶，——只有优秀的人们听见他用轻轻的歌声，召唤着正直的灵魂去进行艰苦的斗争。"

他们嘲笑着
崇高的目标、
　　真诚的生活。

他们图一时之利，
野兽般互相杀戮，
　　天天动干戈。

那里每个灵魂
都变成了俘虏，
　　充满了罪恶。

外表尽管华丽，
内里一片死气，
　　光明被封锁。

另外一条道
是正直的道路，
　　狭窄而崎岖，

只有热情的人，
只有刚强的人，
　　敢向前走去，

为了被压迫的人，
去斗争，去劳动，

　　　　站在他们一起,

　　　走向被侮辱的,
　　　走向被欺凌的,——
　　　　那里需要你!

善良的天使
对俄罗斯的青年
唱着这支召唤的歌,
已经有了收获。
俄罗斯已经把一大批
天才的好儿女
送上正直的路,
并且已经哀悼了
他们中的许多人。
(他们闪过长空,
宛如明亮的陨星!)
虽说大老粗村
受尽奴役的折磨,
愚昧而没文化,
她也派出了一个
这样的使者——
格利沙·向幸福诺夫。①

---

① 这个人物是以俄国革命民主主义者杜勃罗留波夫为原型的,姓名音译为"格利沙·杜勃罗斯克隆诺夫",现意译为"向幸福诺夫"。

命运给他准备下了：
光荣的路程、
人民辩护者的名声、
肺病和流放西伯利亚。

————

太阳柔和地照着，
清晨的空气多么凉爽，
到处新割的青草
发出一片清香……

格利沙想着心事，
沿着大路走着，
（一条古老的路，
白桦树排列两旁，
像箭似的射向前方……）
他一会儿快乐，
一会儿又难过。
大老粗村的酒宴
使得他兴奋地思索，
心坎里流出了一支歌：

祖国母亲哪，在苦闷的时候，
我的思想振翼飞向前方。
你命中注定还要遭受重重磨难，
可是我深信你不会灭亡。

想从前,愚昧的乌云笼罩着你,
你昏沉的梦比今天还要窒闷。
你受尽了压迫,遭尽了不幸,
像奴隶一样有冤无处可申。

不久以前,你的人民只是玩物,
用来满足地主的荒淫放荡。
鞑靼老爷的后裔把斯拉夫人
像牵马一样牵上奴隶市场;

俄罗斯的姑娘被人拖去蹂躏,
皮鞭肆无忌惮地飞舞逞凶;
听到抽壮丁,人民的恐怖啊,
就等于听到宣判了死刑。

够了,够了! 我们清算了过去,
我们清算了地主豪绅。
俄罗斯人民正在把力量积聚,
正在学习着做一个公民。

俄罗斯啊,斯拉夫人的伴侣,
命运已经把你的重担减轻,——
虽然你今天仍旧是一名奴隶,
却已是自由儿女的母亲!

———

　　一条穿过麦田的

弯弯曲曲的羊肠道
吸引了格利沙,
他顺着这条小道,
走到一片割光的草地上,
农妇们正在晒青草。
她们迎着格利沙,
唱起他心爱的歌,
使小伙子想起了
受苦受难的娘,——
心里一阵难过,
一股怒火往上烧。
他走进树林里,
有些小孩儿们
在树林里捉迷藏,
好比麦地里的鹌鹑,
有的呼唤有的找。
(大一些的孩子们
都在晒青草。)
格利沙帮小孩儿们
捡了一篮蘑菇。
太阳有点晒人了,
他到河边洗了个澡。
对岸的一片焦土
展现在他面前,
那是三天前烧掉的城。
一间房子也没有剩,

单单剩下一座监牢,——
监牢刚刚粉刷过,
倒很像一条白牛
站在荒地上吃草。
当官儿的都住进了监牢,
老百姓就睡在河岸边,
好像军队扎野营。
大家都还在睡觉,
只有几个人起了身:
两个录事提起长袍,
挤过箱柜和铺盖,
挤过桌凳和大车,
走向卖酒的帐篷。
一个裁缝也来喝酒,
他带着熨斗、剪刀和尺,
浑身筛糠颤个不停。
一个道貌岸然的高个儿——
大司祭斯切芳,
睡醒了,做了祷告,
梳着他的长辫子,
活像个大姑娘。
在沉睡的伏尔加河上,
一串装木柴的木排
慢慢儿顺流淌去。
还有三艘满载的驳船
停在右岸旁,——

纤夫们昨晚唱着号子，
把它们拉到这地方。
瞧！一个受尽劳累的纤夫，
换了一件干净衣服，
高兴地走过来了，
衣袋里铜钱响叮当。
格利沙一面走着，
一面瞧着高兴的纤夫，
嘴里自言自语起来，
一会儿高吟，一会儿低哦，——
他在出声地思想：

纤　夫

他用胸膛、脊梁和双肩，
拖着沉重的驳船向前。
中午的太阳啊又烧又烤，
满身的汗水呀往地下浇。
他一次次跌倒了又爬起，
一边哼号子，一边喘气。
千山万水把船拉到了，
放倒身呼呼地睡上一觉。
早晨洗去了一身汗垢，
无忧无虑地走上码头。
三个卢布缝进腰带里面，
掂试掂试剩下的铜圆，

没多思量,走进了酒店,
把辛苦赚来的血汗钱
默默地往柜台上一扔,
喝完了,满足地哼了一声,
面对教堂画了个十字,——
回家的旅途又从今开始。
他精神饱满,边走边嚼面包,
他带给老婆一块衣料,
带给他妹子一块手帕,
带给孩子们金箔包的小马。
回家的路哇,迢迢千里,
祝他平安到家,得到休息!

———————

格利沙的思路
从伏尔加的纤夫
转向谜一样的俄罗斯,
转向所有的人民。
格利沙沿着河岸,
徘徊了几个时辰,
激动地想个不停,
直到疲劳的头脑
热得像盆火,
直到一支新的歌
满足了他的心:

俄 罗 斯

你又贫穷,
你又富饶,
你又强大,
你又衰弱,
俄罗斯母亲!

奴役压不服
自由的心,——
人民的心
就是真金!

人民的力量
强大无比,——
良心坦然,
真理永生!

人民和谎言
　　不能共存,
　　谁也不愿
　　为谎言牺牲。

　　俄罗斯昏睡着,
　　一动不动!

但是她地下
　　燃烧着火星，——

　　不唤而起，
　　不召而来，
　　一粒粒种子
　　汇成了山峰！

　　亿万大军
　　正在奋起，
　　无敌的力量
　　终将得胜！

　　　你又贫穷，
　　你又富饶，
　　你又苦难，
　　你又全能，
　　俄罗斯母亲！……

————

"我的歌儿成功了！"格利沙雀跃着喊道，
"伟大的真理在这支歌儿里火焰般燃烧！
在明天我就唱给大老粗们听，——他们再不能
老是唱悲伤的歌！……上帝呀，帮助他们！
正像是游戏和运动能使脸颊变得通红，
一支好歌，也能使受尽压迫的穷人们
精神振奋……"格利沙回到家，对他哥哥

庄严地朗诵新歌,(哥哥说:"真是好歌!")
格利沙躺下睡觉,他困得很,却睡不着,
在半睡半醒之中,这支歌变得更加美妙。
啊,要是咱们的出门人,知道格利沙
此刻的心情的话,他们马上就可以回家!……
他觉得自己胸中有无限的力量,
他耳里听见无比美好的曲调在奏响,
一支崇高的颂歌,每个音符都光辉灿烂,——
他歌唱的是人民幸福的真正体现!……

"外国文学名著丛书"书目

第 一 辑

书 名	作 者	译 者
伊索寓言	〔古希腊〕伊索	周作人
源氏物语	〔日〕紫式部	丰子恺
堂吉诃德	〔西班牙〕塞万提斯	杨 绛
泰戈尔诗选	〔印度〕泰戈尔	冰 心 石 真
坎特伯雷故事	〔英〕杰弗雷·乔叟	方 重
失乐园	〔英〕约翰·弥尔顿	朱维之
格列佛游记	〔英〕斯威夫特	张 健
傲慢与偏见	〔英〕简·奥斯丁	王科一
雪莱抒情诗选	〔英〕雪莱	查良铮
瓦尔登湖	〔美〕亨利·戴维·梭罗	徐 迟
欧·亨利短篇小说选	〔美〕欧·亨利	王永年
特利斯当与伊瑟	〔法〕贝迪耶	罗新璋
巨人传	〔法〕拉伯雷	鲍文蔚
忏悔录	〔法〕卢梭	范希衡 等
欧也妮·葛朗台 高老头	〔法〕巴尔扎克	傅 雷
雨果诗选	〔法〕雨果	程曾厚
巴黎圣母院	〔法〕雨果	陈敬容
包法利夫人	〔法〕福楼拜	李健吾
叶甫盖尼·奥涅金	〔俄〕普希金	智 量
死魂灵	〔俄〕果戈理	满 涛 许庆道

书　名	作　者	译　者
当代英雄	〔俄〕莱蒙托夫	草　婴
猎人笔记	〔俄〕屠格涅夫	丰子恺
白痴	〔俄〕陀思妥耶夫斯基	南　江
列夫·托尔斯泰中短篇小说选	〔俄〕列夫·托尔斯泰	草　婴
怎么办？	〔俄〕车尔尼雪夫斯基	蒋　路
高尔基短篇小说选	〔苏联〕高尔基	巴　金　等
浮士德	〔德〕歌德	绿　原
易卜生戏剧四种	〔挪〕易卜生	潘家洵
鲵鱼之乱	〔捷〕卡·恰佩克	贝　京
金人	〔匈〕约卡伊·莫尔	柯　青

第　二　辑

荷马史诗·伊利亚特	〔古希腊〕荷马	罗念生　王焕生
荷马史诗·奥德赛	〔古希腊〕荷马	王焕生
十日谈	〔意大利〕薄伽丘	王永年
莎士比亚悲剧五种	〔英〕威廉·莎士比亚	朱生豪
多情客游记	〔英〕劳伦斯·斯特恩	石永礼
唐璜	〔英〕拜伦	查良铮
大卫·科波菲尔	〔英〕查尔斯·狄更斯	庄绎传
简·爱	〔英〕夏洛蒂·勃朗特	吴钧燮
呼啸山庄	〔英〕爱米丽·勃朗特	张　玲　张　扬
德伯家的苔丝	〔英〕托马斯·哈代	张谷若
海浪　达洛维太太	〔英〕弗吉尼亚·吴尔夫	吴钧燮　谷启楠
哈克贝利·费恩历险记	〔美〕马克·吐温	张友松
一位女士的画像	〔美〕亨利·詹姆斯	项星耀
喧哗与骚动	〔美〕威廉·福克纳	李文俊
永别了武器	〔美〕欧内斯特·海明威	于晓红

书　名	作　者	译　者
波斯人信札	〔法〕孟德斯鸠	罗大冈
伏尔泰小说选	〔法〕伏尔泰	傅　雷
红与黑	〔法〕司汤达	张冠尧
幻灭	〔法〕巴尔扎克	傅　雷
莫泊桑中短篇小说选	〔法〕莫泊桑	张英伦
文字生涯	〔法〕让-保尔·萨特	沈志明
局外人　鼠疫	〔法〕加缪	徐和瑾
契诃夫小说选	〔俄〕契诃夫	汝　龙
布宁中短篇小说选	〔俄〕布宁	陈　馥
一个人的遭遇	〔苏联〕肖洛霍夫	草　婴
少年维特的烦恼	〔德〕歌德	杨武能
德国，一个冬天的童话	〔德〕海涅	冯　至
绿衣亨利	〔瑞士〕戈特弗里德·凯勒	田德望
斯特林堡小说戏剧选	〔瑞典〕斯特林堡	李之义
城堡	〔奥地利〕卡夫卡	高年生

第 三 辑

埃斯库罗斯悲剧二种	〔古希腊〕埃斯库罗斯	罗念生
索福克勒斯悲剧二种	〔古希腊〕索福克勒斯	罗念生
欧里庇得斯悲剧二种	〔古希腊〕欧里庇得斯	罗念生
神曲	〔意大利〕但丁	田德望
西班牙流浪汉小说选	〔西班牙〕克维多 等	杨绛 等
阿拉伯古代诗选	〔阿拉伯〕乌姆鲁勒·盖斯 等	仲跻昆
列王纪选	〔波斯〕菲尔多西	张鸿年
蕾莉与马杰农	〔波斯〕内扎米	卢　永
莎士比亚喜剧五种	〔英〕威廉·莎士比亚	方　平
鲁滨孙飘流记	〔英〕笛福	徐霞村

书　名	作　者	译　者
彭斯诗选	〔英〕彭斯	王佐良
艾凡赫	〔英〕沃尔特·司各特	项星耀
名利场	〔英〕萨克雷	杨　必
人性的枷锁	〔英〕威廉·萨默塞特·毛姆	叶　尊
儿子与情人	〔英〕D.H.劳伦斯	陈良廷　刘文澜
杰克·伦敦小说选	〔美〕杰克·伦敦	万　紫　等
了不起的盖茨比	〔美〕菲茨杰拉德	姚乃强
木工小史	〔法〕乔治·桑	齐　香
恶之花　巴黎的忧郁	〔法〕波德莱尔	钱春绮
萌芽	〔法〕左拉	黎　柯
前夜　父与子	〔俄〕屠格涅夫	丽　尼　巴　金
卡拉马佐夫兄弟	〔俄〕陀思妥耶夫斯基	耿济之
安娜·卡列宁娜	〔俄〕列夫·托尔斯泰	周　扬　谢素台
茨维塔耶娃诗选	〔俄〕茨维塔耶娃	刘文飞
德国诗选	〔德〕歌德　等	钱春绮
安徒生童话选	〔丹麦〕安徒生	叶君健
外祖母	〔捷〕鲍·聂姆佐娃	吴　琦
好兵帅克历险记	〔捷〕雅·哈谢克	星　灿
我是猫	〔日〕夏目漱石	阎小妹
罗生门	〔日〕芥川龙之介	文洁若

第　四　辑

一千零一夜		纳　训
培根随笔集	〔英〕培根	曹明伦
拜伦诗选	〔英〕拜伦	查良铮
黑暗的心　吉姆爷	〔英〕约瑟夫·康拉德	黄雨石　熊　蕾
福尔赛世家	〔英〕高尔斯华绥	周煦良

书　名	作　者	译　者
月亮与六便士	〔英〕威廉·萨默塞特·毛姆	谷启楠
萧伯纳戏剧三种	〔爱尔兰〕萧伯纳	潘家洵　等
红字　七个尖角顶的宅第	〔美〕纳撒尼尔·霍桑	胡允桓
汤姆叔叔的小屋	〔美〕斯陀夫人	王家湘
白鲸	〔美〕赫尔曼·梅尔维尔	成　时
马克·吐温中短篇小说选	〔美〕马克·吐温	叶冬心
老人与海	〔美〕欧内斯特·海明威	陈良廷　等
愤怒的葡萄	〔美〕斯坦贝克	胡仲持
蒙田随笔集	〔法〕蒙田	梁宗岱　黄建华
悲惨世界	〔法〕雨果	李　丹　方　于
九三年	〔法〕雨果	郑永慧
梅里美中短篇小说选	〔法〕梅里美	张冠尧
情感教育	〔法〕福楼拜	王文融
茶花女	〔法〕小仲马	王振孙
都德小说选	〔法〕都德	刘　方　陆秉慧
一生	〔法〕莫泊桑	盛澄华
普希金诗选	〔俄〕普希金	高　莽　等
莱蒙托夫诗选	〔俄〕莱蒙托夫	余　振　顾蕴璞
罗亭　贵族之家	〔俄〕屠格涅夫	陆　蠡　丽　尼
日瓦戈医生	〔苏联〕帕斯捷尔纳克	张秉衡
大师和玛格丽特	〔苏联〕布尔加科夫	钱　诚
茨威格中短篇小说选	〔奥地利〕斯·茨威格	张玉书　等
玩偶	〔波兰〕普鲁斯	张振辉
万叶集精选	〔日〕大伴家持	钱稻孙
人间失格	〔日〕太宰治	魏大海

第 五 辑

书 名	作 者	译 者
泪与笑　先知	〔黎巴嫩〕纪伯伦	冰　心　等
华兹华斯 柯尔律治 诗选	〔英〕华兹华斯　柯尔律治	杨德豫
济慈诗选	〔英〕约翰·济慈	屠　岸
汤姆·索亚历险记	〔美〕马克·吐温	张友松
大街	〔美〕辛克莱·路易斯	潘庆舲
田园三部曲	〔法〕乔治·桑	罗　旭　等
金钱	〔法〕左拉	金满成
果戈理小说戏剧选	〔俄〕果戈理	满　涛
奥勃洛莫夫	〔俄〕冈察洛夫	陈　馥
谁在俄罗斯能过好日子	〔俄〕涅克拉索夫	飞　白
亚·奥斯特洛夫斯基戏剧六种	〔俄〕亚·奥斯特洛夫斯基	姜椿芳　等
复活	〔俄〕列夫·托尔斯泰	草　婴
静静的顿河	〔苏联〕肖洛霍夫	金　人
谢甫琴科诗选	〔乌克兰〕谢甫琴科	戈宝权　任溶溶
维廉·麦斯特的学习时代	〔德〕歌德	冯　至　姚可崑
叔本华随笔集	〔德〕叔本华	绿　原
艾菲·布里斯特	〔德〕台奥多尔·冯塔纳	韩世钟
豪普特曼戏剧三种	〔德〕豪普特曼	章鹏高　等
铁皮鼓	〔德〕君特·格拉斯	胡其鼎
加西亚·洛尔卡诗选	〔西班牙〕加西亚·洛尔卡	赵振江
你往何处去	〔波兰〕亨利克·显克维奇	张振辉
显克维奇中短篇小说选	〔波兰〕亨利克·显克维奇	林洪亮
裴多菲诗选	〔匈〕裴多菲	孙　用
轭下	〔保〕伐佐夫	施蛰存

书　名	作　者	译　者
卡勒瓦拉(上下)	〔芬兰〕埃利亚斯·隆洛德	孙　用
破戒	〔日〕岛崎藤村	陈德文
戈拉	〔印度〕泰戈尔	刘寿康